痴语

[日] 芥川龙之介 著
陈德文 译

天津出版传媒集团
天津人民出版社

果麦文化 出品

芥川龙之介

1892 —— 1927

目录

侏儒的话　001

抚掌谈　123

某傻子的一生　133

附录：给旧友的信　171

译后记　179

侏儒的话

《侏儒[1]的话》序

《侏儒的话》未必能传达我的思想，唯能使人时时窥见我的思想变化而已。较之一棵草，一根蔓草说不定也会长出几根藤蔓子来。

星

"日光之下并无新事"[2]——古人一语道破。但无新事并非只是太阳底下。据天文学家考证，海拉库莱斯星群[3]发光到达我们地球需要三万六千年。海拉库莱斯星群也不会永远光辉灿烂，总有一天会化作一团冷灰，失去美丽的光芒。非但如

---

1 矮小的人；常用于对没有见识的人的蔑称。此处偏于后者，乃作者自嘲。（如无特殊说明，本书注释均为译者注）
2 《旧约全书·传道书》第一章第九节。
3 海拉库莱斯（Herakles），希腊神话中的英雄。形容夏日的星座类似这位英雄的姿态。"星群"系指此种星座中的球形星团。

此，死不管在哪里，都会随时孕育着生。失去光芒的海拉库莱斯星群，徘徊于无边的天宇，只要获得好时机，就会化作一团星云。这样一来，又会继续在原来的地方产生新星。

比起宇宙之大，太阳也不过是一星磷火，何况我们的地球。然而，即使升起于遥远的宇宙之极、银河之畔，也就等于升起于这坨泥团之上，两者毫无差别。生死本来就是根据运动法则不断循环，想到这一点，就禁不住对散在天上的无数星辰或多或少寄予同情。不，明灭闪烁的星光看来是和我们表达相同的感情。诗人在这一点上，也比任何人都最先高声歌颂真理。

沙石般无数星辰之中，总有一颗星对我闪灼。[1]

然而，星星也和我们人类一样，阅尽流转——虽然也不是不觉得寂寥。

1　正冈子规所作短歌。

鼻子

克利奥帕特拉[1]的鼻子要是歪的,世界历史或许就得重写。这是帕斯卡[2]著名的名言。但恋人们很少看到实相。不,我们的自我欺瞒一旦陷入恋爱,最后只能贯彻到底。

安东尼[3]也不例外。克利奥帕特拉的鼻子要是歪的,尽量不看就是了。或者不得不看时,亦可避其短而求其长。论起其他长处,我等天下恋人辈之女性虽然车载斗量,却没有一位女性形象万全。安东尼恐怕也和我们一样,他的眼睛和嘴唇早已获得太多的补偿。此外又虏获那颗"彼女的心"!实际上我们所爱的优秀女性,古往今来已司空见惯,不仅如此,她们的服装、她们的财产,

---

1 克利奥帕特拉七世,又称"埃及艳后",古埃及托勒密王朝最后一位女法老。

2 布莱士·帕斯卡(Blaise Pascal,1623—1662),法国数学家、物理学家、哲学家。

3 马克·安东尼(Marcus Antonius,前83—前30),古代罗马军事家、政治家。

还有她们的社会地位——这些也很可能成为她们的长处。更有甚者，曾确实为名士所爱或遭受风言风语，就连这一点也可能成为长处之一。而且，那位克利奥帕特拉不就是埃及最后那个豪奢和充满神秘主义的女皇吗？

香烟氤氲之中，冠盖满头，珠玑生辉；莲波轻摇，纤腰弄巧。纵然多少有点鼻歪，又会触犯谁人眼目？何况单凭安东尼的眼睛。

我们此种自我欺瞒，不仅限于个人恋爱。我们虽说多少有些不同，但大致都能按照自己的各种欲望使自身获得满足。例如，即使面对牙科医院的招牌，进入我们眼帘的——希望有块招牌的心——比起招牌本身的存在，更是我们的牙疼，不是吗？当然，我们的牙疼和世界历史没有什么关系，然而，也会产生此种自我欺瞒，就像那些欲知民心的政治家、欲知敌方情况的军人，以及欲知财产状况的实业家一样。我应该修正这一条款，我不否认我的理智的存在。同时我又承认统领百般人事的"偶然"的存在。但是，一切热情都容易忘掉理性的存在。"偶然"可以说是神意。于是，我们的自我欺瞒或许就是左右世界历史的永久动力。

就是说，两千多年的历史并非依据渺小的克利奥帕特拉是否鼻歪，而是依据遍地可见的我们的愚昧。可笑啊！——然而，依据的正是庄严的我们的愚昧。

修身

道德是便宜的异名，就像"左侧通行"。

道德给予的恩惠是时间和劳力的节约。道德给予的损害是整个良心的麻痹。

妄想违反道德，缺乏经济之念；妄想屈从道德，不是胆小就是怠惰。

支配我们的道德是被资本主义毒害的封建时代的道德。几乎使我们全都受损之外，没有获得任何恩惠。

强者蹂躏道德，弱者又为道德所爱抚。受道德迫害之人，常常是不强不弱的中间者。

道德常常就是旧服装。

良心不能像我们的胡须随年龄而生长。我们为了获得良心，需要做若干训练。

首先，九成以上的国民，一生都没有良心。

我们的悲剧在于年少或训练不足。在尚未掌握良心之前，就受到无耻的非难。

我们的喜剧在于年少或训练不足。在遭受无耻非难之后，好容易抓住了良心。

所谓良心就是严肃的趣味。

良心或许造就道德。但是道德尚未造就良心"良"字的一点。

良心正如所有的趣味一样，有着病态的爱好者。这些爱好者，十有八九要么是聪明的贵族，要么是富豪。

好恶

正如我爱好古酒，我也爱好古老的快乐学说。决定我们行为的，既非善也非恶。只是我们的好恶，或者我们的快与不快。我只考虑这些。

那么，我们为何会在酷寒天气看到将要溺死的幼儿时，主动跳进水里？因为救人是愉快的。那么，为避免入水之不快、获取救人之愉快，要依据何种尺度呢？要获取更大的愉快。然而，肉体的快与不快和精神的快与不快，不应该依据同一尺度。不，这两者的快与不快并非全然互不相容，毋宁说犹如盐水和淡水一样，是会融为一体的。目下，不曾受过精神教养的京阪地区绅士诸君，只要喝过鳖鱼汤之后，再加河鳗下饭，便可获取无上愉快，不是吗？并且，冷水与严寒等肉体享乐的存在，通过寒中游泳显示出来，也可供怀疑冷水和严寒的人思考受虐狂的感受。可被诅咒的受虐狂那种快与不快表面上的倒错，就是加上了习以为常的倾向所致。在我看来，基督教的圣人们喜欢柱头上的苦行[1]，或者爱好火中殉教，大都与受虐心理有关。

正如古希腊人所说，决定我们行为的不外乎好恶。我们必须从人生的泉水中汲取最大营养。切勿像法利赛人那样，"摆出一副悲痛之脸色"。耶稣不是也说过这样的话吗？所谓贤人，怎么也能让玫瑰花盛开在荆棘之路。

侏儒的祈祷

我是个身穿彩衣、献演翻筋斗、只图生活于这个太平盛世的侏儒。请吧，请让我如愿以偿吧。请让我不要穷得粒米无有，也不要富得连熊掌都

---

1 柱头上筑台做小屋居其中之苦行，意即对世上极端性欲者的报偿。

感到餍足。请不要让我遭受采桑妇白眼，也不要让后宫佳丽对我美目流盼。请不要让我愚昧到不辨菽麦，也不要让我聪明到坐观云天。请不要让我成为所向无敌之英雄。我现在每每于梦中穷极难攀之峰顶，超越难渡之海浪——可以说是在做着使不可能成为可能的梦。每当出现这种梦境，我并不觉得可怕，就像和龙格斗，我苦于同这种梦境搏斗。请不要让我成为英雄——不要让我产生想成为英雄的欲望，保护这个无力的我吧！

我是个只想醉于春酒、吟诵金缕曲、过上美好日子的侏儒。

神秘主义

神秘主义并非因文明而衰退。毋宁说，文明使神秘主义取得长足的进步。

古人相信我们人类的祖先是亚当，基于此种意义，也就是说相信《创世记》。而今天连中学生都相信是猿猴，在这个意义上可以说是相信达尔文的著作。就是说在相信书本上，今人和古人没有差别。况且古人至少还看《创世记》，今人除少数专家，虽没有读达尔文的著作，却恬然相信这个学说。相信猿猴是祖先，并不比相信耶和华吹过气的尘土——亚当是祖先更富于光彩。然而今人尽皆安于这种信念。

不仅是进化论，就连地球是圆的，真正知道的人也很少。大多数人只不过在无意识中获得教化，一味相信是圆的罢了。如果进一步追问为什么是圆的，那么实际上上愚自总理大臣，下愚至小职员，没有人能够说清楚。

下边再举一个例子。现在没有人像古人那样相信幽灵的存在，但是还经常听到有人说看到了幽灵。那么为什么不相信那种话呢？因为看到幽灵的人是受到迷信的困扰。那么为什么被迷信紧紧吸引呢？因为看到了幽灵。今人这种理论，只不过是所谓的循环理论罢了。

何况，更深入的问题全然立足于信念之上。我们的理性不借助耳朵。不，只有超越理性的东西才借助于耳朵。那是什么东西呢？——我在谈到

"什么东西"之前,连正确的名字都没有搞清楚。如果勉强起个名字的话,玫瑰、鱼、蜡烛……都只能运用象征。拿我们的帽子做比喻好了。就像我们不戴插着羽毛的帽子而戴着软帽和礼帽那样,相信祖先是猿猴,相信幽灵不存在,相信地球是圆的。认为这是谎言的人,想想爱因斯坦博士和相对论在日本受欢迎的情况好了。这是神秘主义的集合,是不可理解的庄严的仪式。为什么那么狂热,连改造社的社长先生[1]恐怕也不知道。就是说伟大的神秘主义者既不是史威登堡[2],也不是波墨[3],其实就是我们文明的子民。同时,我们的信念并不是用来装饰三越[4]橱窗的。支配我们信念

---

1 山本实彦(1885—1952),1919年创办改造社,发行《创造》杂志。

2 伊曼纽·史威登堡(Emanuel Swedenborg, 1688—1772),瑞典科学家、神秘主义思想家。

3 雅各·波墨(Jakob Böhme, 1575—1624),德国神秘主义思想家。根据光与影、爱与怒的不断斗争独自解释《圣经》,给予德国浪漫主义很大影响。

4 三越,日本大型百货公司,常因季节变换而更换橱窗布置。

的东西常常是难以捕捉的时髦之物。或者是近似神意的好恶。实际上，认为西施和龙阳君[1]的祖先也是猿猴，多少也会给我们一些宽慰。

自由意志和宿命

总之，如果相信宿命，罪恶就不复存在，惩罚也随之失去意义。我们对罪人的态度也必然宽大。反之，如果相信自由意志，由于责任观念的产生，无疑就会避免良心的麻痹，从而对我们自己的态度必然会严肃起来。那么遵从哪个好呢？

我愿平静地回答：一半相信自由意志，一半相信宿命；或者说一半怀疑自由意志，一半怀疑宿命。为什么呢？因为我们难道不是根据自己背负的宿命娶了我们的妻子吗？同时，我们难道不是根据赋予自己的自由意志才没有去买妻子需要的羽织外褂与和服腰带吗？

---

1 龙阳君，战国时期魏安釐王的男宠。

不只是自由意志和宿命，神与恶魔、美与丑、勇敢与怯懦、理性与信仰——其他一切处于天平两端者，都应该采取这种态度。古人把这种态度叫作中庸。中庸就是英文的 good sense。根据我的见解，如果不依靠 good sense，那就什么幸福也不会得到。即便能得到，也只不过是炎天拥炭火、大寒挥团扇般硬着头皮享受幸福罢了。

小儿

军人近似小儿。喜欢摆英雄架子，爱好所谓光荣。这种事如今没必要在这里再加论说。主张机械式训练，看重动物性勇气，这本是只有在小学才能见到的现象。非得杀戮就不能为小儿所选择。与小儿尤其相似的便是在军号、军歌的鼓动下欣然对敌，却不问为何而战。

因此之故，军人的自豪必定近似小儿玩具。铠甲片片，绯红皮条串联，鹰嘴镐头盔，并不符合成人的趣味。勋章，在我看来，实在不可思议。

军人为何不为美酒所醉,而挂着勋章行进呢?

武器

正义就像武器。武器,只要花钱就能买到。正义,只要连带着道理,则可被敌我双方所利用。自古以来,所谓"正义之敌"的名义似炮弹般被投掷。然而,放到修辞中,谁是"正义之敌"则很少有人搞得清楚。

日本的工人,单单因为生为日本人,就被命令离开巴拿马。这是违反正义的。据美国报纸报道,应该称作"正义之敌"。然而,中国工人单单因为生为中国人,就被下令离开千住[1],这也是违反正义的。据日本报纸报道——不,日本两千年来,常常都是"正义的我方"。正义似乎从未与日本的利害产生过一次矛盾。

武器这种东西并不可怕,可怕的是武人的伎

---

[1] 千住,东京都足立区町名。

俩。正义本身也不足畏，可畏的是煽动家的雄辩。武后，不顾人天，冷然蹂躏正义。可是，当李敬业之乱，读骆宾王之檄文，未免失色。"一抔之土未干，六尺之孤安在"[1]之联句，此乃唯有天才之鼓动家方能发出之名言。

我每每翻阅历史，不禁想起游就馆。过去廊下薄暗之中，各种正义被陈列，类似青龙刀，乃儒学所教之正义；类似骑士之标枪，乃基督教所教之正义。这里有一根粗棍，或许是社会主义之正义。那里有一把带穗长剑，应该是国家主义者的正义。我一边瞧着这武器，一边想象众多场战争，自感心悸加速。然而，不知是幸还是不幸，我并不记得我是否曾想拿起其中某种武器来。

---

[1] 唐李敬业责成诗人骆宾王（约640—684）所书《讨武曌檄》文中词句。

尊王

这是 17 世纪法国的故事。一天，勃艮第公爵（Duc de Bourgogne）问舒瓦西神父（Abbé Choisy）说查理六世疯了，为了婉转地将这番意思传达，应该说什么好呢？舒瓦西神父立即回答："要是我就只能说，查理六世，你疯啦。"后来，据说舒瓦西神父将这一答案当作终生的骄傲。

17 世纪的法国富于尊王精神，还保留这样的传说。然而，20 世纪的日本也富于尊王精神，且并不逊于当时的法兰西。实在是庆幸之至！

创作

艺术家或许有时会有意识地创作自己的作品。但观作品本身，作品的美丑有一半存在于超越艺术家意识的神秘世界。一半？或可以说大半。

我们总是奇怪地不怕提问，而害怕说明。我们的灵魂总是主动显露于作品之中。古人一刀一拜的用意，不就表现对此种无意识之境界的畏惧吗？

创作时常是冒险。倾尽所有人力之后，只能依靠天命，别无他法。

> 少时学语苦难圆，
> 只道工夫半未全。
> 到老始知非力取，
> 三分人事七分天。

赵瓯北[1]的《论诗》七绝传达了其中奥妙。艺术总是莫名其妙地带有不知底里的浩大潜力。假若我们不想获得金钱，又不喜欢出名，或许最后不会沉溺于几乎病态的创作热情中，也没有勇气同这种毫无意义的艺术苦斗到底。

1　赵翼（1727—1814），号瓯北，清代史学家、诗人。

鉴赏

艺术的鉴赏需要艺术家自身和鉴赏家相互协力。可以说鉴赏家只不过将一种作品作为课题以便尝试他自己的创作。因此,在各个时代都没有失掉声誉的作品,必然具备一定特色,可供多角度鉴赏。可是,这种多角度鉴赏的意思,正如阿那托尔·法朗士所说,由于不知何处都可能存在暧昧,其意义一时不容易解释清楚。正如庐山诸峰,具有多面性,可以站在各种角度观赏奇景。

古典

古典作者之所以幸福,是因为已经死了。

又

我们——或者诸位之所以幸福,是因为古典作者已经死了。

幻灭的艺术家

一群艺术家住在幻灭的世界。他们不相信爱，也不相信良心。就像古代苦行者，以一无所有的沙漠为家。在这一点上的确是可怜的。然而美丽的海市蜃楼唯独产生在沙漠上空。对人生诸事幻灭的他们，在艺术上大抵还没有幻灭。不，只要说起艺术来，常人一无所知的金色的梦会突然在空中出现。事实上，他们也意外地得到了幸福的瞬间。

告白

完全的自我告白，任何人都做不到。但不做自我告白，又不能做出任何表现。

卢梭喜欢告白，但在《忏悔录》中看不到赤裸裸的他自己。梅里美这个人讨厌告白，但《科隆巴》不是也隐隐约约说到他自己吗？由此可见，所有的告白文学和其他文学其界限是很难划清的。

人生

——致石黑定一[1]君

命令一个没有学过游泳的人游泳，不论谁都会认为没有道理。同样，命令一个没有学过赛跑的人参加赛跑，那也是毫无道理的。然而，我们从生下来时就开始接受了这种愚蠢的命令。

我们在娘胎里的时候，大概就在学习处世之道，或者说一离开娘胎就踏入大竞技场般的人生。当然，没有学过游泳的人，要想自由自在地游泳是完全不可能的。同样，没有学过赛跑的人，大抵都落于人后。因此，我们是不可能不负创伤地走出人生竞技场的。

诚然，世人也许会说："前人足迹，为君之鉴。"然而，哪怕就是看过成百名游泳选手或上千名赛跑健儿，也不可能很快学会游泳或学会赛跑。不仅如此，所有的游泳者都喝过水，赛跑的人也无一例外都在竞技场上弄得满身灰土。你看，就连

---

[1] 石黑定一，1921年作者在上海旅行时的友人。

好多世界著名运动健将,在鲜花与笑脸背后,不也隐藏着几多眼泪与愁苦吗?

人生和疯人主办的奥林匹克运动会十分相似。我们必须一边和人生搏斗,一边学会怎样搏斗。对这种无聊的游戏忍不下去的人,那就赶快退出栏外好了。自杀看上去倒是一种简便的方法,然而要想留在人生竞技场上的人,只有不怕创伤继续搏斗下去。

又

人生好比一盒火柴。加意保管是愚蠢的,随便搁置是危险的。

又

人生好比缺页很多的书,很难称一部书,又确实是一部书。

某自警团员的话

好的,加入自警团吧。今夜星星在树梢上头闪耀着清凉的光辉,微风吹拂。来吧,躺在这藤椅上,点燃一支马尼拉香烟。暗夜深沉,就这么轻松地警戒着吧。如果喉咙干渴,那就喝点水壶里的威士忌好了。幸好口袋里还有剩下的巧克力呢。

听,高高的树梢上好像有窝里的鸟儿在骚动。鸟儿大概不知道这次大地震[1]造成的苦难。可是我们人类尝尽苦头,衣食住都失去了方便。不,不只是衣食住,就连一杯柠檬水都喝不上。纵有诸多不自由也只能坚忍。人这种所谓的两脚兽,是多么冷酷无情的动物啊!由于我们丧失文明,只能像风前蜡烛那样守卫着毫无保障的生命。你看,鸟儿已静静入睡,这些不知道羽绒被和枕头的鸟儿啊!

鸟儿已经静静地睡着了,梦境或许比我们更加安然。鸟儿只生活在现在,但我们人类还得生

---

[1] 指1923年9月1日的关东大地震。

活在过去和未来。在这个意义上必须尝尽悔恨和忧虑之苦。尤其是这次大地震，给我们的未来罩上了多么大的凄凉的阴影！东京被烧毁了，我们被今日的饥馑所折磨，同时也为明天的饥馑而受苦。鸟儿幸好不知道这个痛苦。不，不仅是鸟，知道三世痛苦的只有我们人类。小泉八云曾经说过与其做人，他更愿意做一只蝴蝶。说起蝴蝶——那么还是先看看那只蚂蚁吧！如果幸福仅仅是指痛苦很少，那么蚂蚁也许比我们幸福。但我们人类懂得蚂蚁所不知道的快乐。蚂蚁大概不会因为破产和失恋而自杀。但是否会和我们一样有着快乐的希望呢？我现在仍然记得，在月明花暗的洛阳废都，一群群蚂蚁对李太白的诗一行也弄不懂，真是可怜至极！

叔本华——哦，什么哲学，见鬼去吧！我们确实和进入这个领域的蚂蚁没有多大差别。如果确实是这样的话，那么应该更加珍重人类的全部感情。自然界只是冷漠地眺望我们的痛苦。我们应该互相同情。何况喜好杀戮——尤其是把对手绞死，这比在辩论中取胜要简单得多。

我们应该相互怜悯。叔本华的厌世观给予我们的教训不就是如此吗?

夜晚已经过了十二点,星星照样在头上闪耀着清辉。来吧,你倒上一杯威士忌,我躺在长椅上吃一块巧克力。

地上乐园

地上乐园的光景也常常在诗里吟诵。然而,令我深以为憾的是我不曾记得我想在这种诗人赞叹的地上乐园里居住。基督教徒的地上乐园毕竟是无聊的全景画。黄老学派的地上乐园也只不过是索漠的中国饭馆罢了。何况近代的乌托邦——使威廉·詹姆斯[1]也为之发抖的那件事,现在也许仍然留在人们的记忆中。

我梦想中的地上乐园,不是那种天然的温室,

---

1 威廉·詹姆斯(William James,1842—1910),美国哲学家、心理学家。

也不是兼作学校的粮食和衣服的配给所。只要住在这里，双亲随着孩子长大成人就得死掉。其次，兄弟姊妹纵令有可能生为恶人，也绝不会生为傻瓜，所以也绝不会互相添麻烦。还有，女人一旦为人妇，就变成驯服的工具，以便孕育畜生的灵魂。还有，不论男孩女孩，遵照两亲的意志和感情，一天要多次成为聋子、哑巴、窝囊废和瞎子。还有，甲的朋友不能比乙的朋友穷，同时乙的朋友也不能比甲的朋友富。不可互相褒扬而获得无上满足。还有——以此类推好了。

这并不只是我一个人的地上乐园，而是充斥世界的善男善女的地上乐园。只是古来的诗人、学者从没有梦见过这种金色的冥想之中的光景。没有梦见倒也不是什么怪事。不过，若能梦见这种光景，那就会充满真实的幸福。

附记：

我的外甥梦想购买伦勃朗的肖像画。但他并不梦想能拿到十元零用钱，因为十元零用钱过于充溢着真实的幸福。

暴力

人生经常是复杂的。要使复杂的人生简单化只能依靠暴力,除此之外没有别的办法。因此,只长着石器时代脑髓的文明人,比起争论更喜欢杀人。

但是,权力毕竟是取得 Patent[1] 的暴力。我们为了统治人,暴力也许经常是必要的,或者没有什么必要。

"人性"

我的不幸是缺乏崇尚"人性"的勇气。不,我经常对"人性"感到轻蔑,这是事实。但又常常对"人性"感到喜爱,这也是事实。是喜爱吗?——和喜爱相比,也可能是怜悯吧!总之,如果不能被"人性"所动,那么人生最终将变成不堪

---

1 英语,意为专利、许可权。

忍受的精神病院。斯威夫特[1]最终发疯，是当然的结果。

斯威夫特发疯之前，看着枝头枯萎的树，嘟嘟囔囔地说："我很像那棵树。从头先死。"每当我想起这则逸话，总是为之战栗不已。我为没有生作斯威夫特那种头脑聪明的一代鬼才而暗自感到幸福。

米槠树叶

获得完美的幸福乃是仅仅给予白痴的特权。不管怎样的乐观主义者都不能微笑终生。不，如果真的允许乐观主义存在，那只能说明对幸福是多么绝望！

"竹笥盛饭家居乐，槠叶裹饭野途中。"[2]

---

1 乔纳森·斯威夫特（Jonathan Swift，1667—1745），英国作家、政论家、讽刺文学大师，著有《格列佛游记》。
2 出自日本有间皇子《万叶集》。

这并非仅仅咏叹行旅情怀。我们时常用"能有"代替"想有",而使之相互协调。学者会给这种米楮叶起各种各样的美名。但是,拿在手里端详,米楮树叶总归还是米楮树叶。

慨叹作为米楮树叶的米楮树叶,比主张盛饭用的米楮树叶,确实值得尊敬;但比起看到作为米楮树叶的米楮树叶一笑而去,也许更加无聊。至少不厌其烦地重复生涯里同一的慨叹是滑稽的,也是不道德的。事实上伟大的厌世主义者也不总是愁眉苦脸。就是得了不治之症的莱奥帕尔迪[1],有时对着衰败的蔷薇花,脸上也会浮现出凄凉的笑靥。

追记:不道德是过分的异名。

---

[1] 贾科莫·莱奥帕尔迪(Giacomo Leopardi, 1798—1837),意大利诗人、哲学家、语言学家。

佛陀王城

悉达多[1]悄然离开王城后，苦行六年。六年苦行的缘由，不用说是极度豪奢生活的罪过。其根据之一是拿撒勒木工的儿子只断食四十天。

又

悉达多让车匿执马辔，偷偷逃出王城。他的思辨癖经常使他陷入忧郁之中。当他偷偷逃出王城后轻松舒口气的，是未来的释迦牟尼，还是他的妻子耶输陀罗呢？或许不大容易判断了。

又

悉达多六年苦行之后，在菩提树下达到正觉。他的成道传说，证明他是如何支配了物质精神。他首先水浴，其次吃乳糜，最后与传说中的难陀婆罗的牧牛少女谈话。

---

[1] 悉达多，释迦牟尼出家前的名字，他本为印度迦毗罗卫城城主的长子。

政治天才

自古以来所谓政治天才，给人的印象总是把民众的意志变成自己的意志。其实也可能正相反。毋宁说，所谓政治天才，总是能把自己的意志变成民众的意志，至少可以说使人相信是民众的意志。因此，政治天才似乎也兼有演员的天赋。拿破仑说："庄严和滑稽仅一步之差。"与其说这句话是帝王的话，倒不如说是名演员的话更合适。

又

民众是相信大义的。但是，政治天才常常是对大义连一文钱也不舍得牺牲的。只是为了统治民众才不得不用大义的假面具。然而一旦使用了，那就会永远也扔不掉大义的假面具。如果强行扔掉，不论怎样的政治天才也一定会死于非命。就是说帝王为了王冠，自然而然地也接受了它的支配。因此，政治天才的悲剧也必定不得不兼有喜剧色彩。譬如兼有戴着古代仁和寺和尚之鼎跳舞的那种《徒然草》的喜剧色彩。

爱情比死更坚强

"爱情比死更坚强",这是莫泊桑小说里的一句话。然而,普天之下比死更坚强的并不只是爱情。譬如吃一块伤寒病患者的饼干,明知会死的,就是食欲比死更坚强的证据。食欲之外——举例的话,爱国主义、宗教感情、人道精神、利欲、名誉心、犯罪的本能等——当然还有许多比死更坚强的东西。总之一切热情都会比死更坚强(当然对死的热情是例外),并且爱情在这些东西里,是否就特别比死更坚强,也不能贸然断定。即便乍一看就能看出爱情比死更坚强时,实际上支配我们的也是法国人所谓的包法利式的精神幻觉。我们是使自己成为像传奇里的恋人那样幻想着的包法利夫人以来的感伤主义。

地狱

人生比地狱还像地狱。地狱给予的痛苦并不违反一定的法则。比如饿鬼道[1]的痛苦,是想吃眼前的饭,饭上却燃着烈火什么的。但是,人生带来的痛苦,不幸的是并不这么简单。如果想吃眼前的饭,既有可能烈火熊熊,又有可能意外地享受食欲之快。然而,在享受食欲之快之后,既有可能罹患肠炎,也有可能出乎意外地轻松地消化。不论何人要顺应这种没有法则的世界都是不容易的。如果坠入地狱,我转瞬之间就能劫掠到饿鬼道的饭食。更何况只要能在针山血池里住惯三两年,大概也不会特别感到跋涉之苦。

---

1 佛教名词,佛教六道轮回中的一道众生。

丑闻

公众是喜欢丑闻的。白莲案件[1]、有岛案件[2]、武者小路案件[3]——公众会从这些案件里获得多少无上的满足啊！那么，公众为什么喜欢丑闻——特别是社会上知名人士的丑闻呢？古尔蒙[4]这样回答说：

"因为这就显得他所隐瞒的自己的丑闻也是理所当然的。"

古尔蒙的回答很正确。然而，也并非完全如此。连丑闻也不会发生的俗人们，在所有名人的丑闻中，发现了他们为怯懦辩解的最好的武器，同

---

1 女歌人柳原白莲（伯爵柳原前光的次女烨子），与初任丈夫离婚后，同九州矿主伊藤传右门再婚。后来又舍弃伊藤，与比自己年小的左翼青年宫崎龙介出奔。

2 作家有岛武郎，于1923年12月同有夫之妇波多野秋子一起情死于轻井泽别墅。

3 作家武者小路实笃，1922年与夫人房子离异，又和饭河安子组织家庭。

4 古尔蒙（Remy de Gourmont，1858—1915），法国诗人、评论家、哲学家。

时也发现了树立他们实际上不存在的优越性的最好的基石。"我不是白莲女史那样的美人,但是比白莲女史贞淑。""我不是有岛那样的才子,但是比有岛更了解社会。""我不像武者小路先生那样……"公众这么说过之后,或许就像猪一般美美地入睡了。

又

天才的另一面是具有引起人们注目的丑闻的才能。

舆论

舆论常常是私刑。私刑又常常是娱乐。好比用新闻报道代替手枪。

又

舆论值得存在的理由,唯独带来蹂躏舆论的兴趣。

敌意

敌意并不在于选择寒冷之所。感觉适度时最快慰,并且不论对何人来说保持健康都是绝对必要的。

乌托邦

之所以产生不出完美乌托邦,原因大致如下:如果不能改变人性,就不可能产生完美的乌托邦;如果改变了人性,就会使人觉得人们向往的完美的乌托邦,突然不完美了。

危险思想

危险思想就是准备把常识付诸实践的思想。

恶

具有艺术气质的青年发现"人性之恶",通常比任何人都要晚。

二宫尊德[1]

我记得小学课本里对二宫尊德的少年时代曾大书特书。贫穷家庭出身的尊德,白天帮着干庄稼活,夜里打草鞋,既和大人一样干活,又顽强地坚持自学。这故事和一切树立雄心壮志的人的故事一样——也就是说,和一切通俗小说一样,是很容易使人受到感动的。实际上,不到十五岁的我,在对尊德的奋发的雄心大为感动之时,甚而觉得不幸的一件事,是没有生在尊德那样贫穷的家庭里……

然而,这个立志故事,在带给尊德荣誉的同

---

1 江户末期的农政学家。

时，当然也使尊德的双亲蒙受了不名誉。他们没有在教育上给尊德一点点方便。不，毋宁说倒给他造成了重重阻碍。作为双亲的责任，这分明是耻辱。但是，我们的双亲和老师却天真地忘记了这一现实。尊德的双亲可以喝酒，也可以赌博，问题在于尊德，他到底是历尽千辛万苦不废自学的尊德啊！我们在少年时代就必须培养尊德那样勇猛的意志。

我对他们的利己主义有些惊叹。的确，对他们来说，像尊德那样身兼男仆的少年，无疑是最满意的儿子了。不仅如此，之后博得声誉，光宗耀祖，也可大大为父母增光，好上加好。但是不到十五岁的我，在对尊德的气度大受感动的同时，甚而觉得不幸的一件事，是没有生在尊德那样贫穷的家庭里。正如戴着镣铐的奴隶希望有更大的镣铐一样。

奴隶

所谓废止奴隶,只是废止作为奴隶的自我意识。没有了奴隶,我们的社会安全恐怕一天也难以保障。另外,连柏拉图的共和国也都考虑到奴隶的存在,看来这绝不是偶然的。

又

把暴君叫作暴君,无疑是很危险的。但是在今天把除了暴君之外的奴隶叫作奴隶,也同样是很危险的。

悲剧

悲剧是对自己的羞耻行为敢作敢当。因此,千百万人的共同的悲剧,则起着排泄的作用。

强弱

强者不怕敌人而怕朋友。出手一击,敌人倒地,无关其痛痒,然而,如果在不知不觉中伤害到朋友,却会感到类似小孩子的恐怖。

弱者不害怕朋友,却害怕敌人。因此,随处都能发现虚幻之敌。

S．M[1] 的智慧

这是我的朋友 S．M 和我的谈话:

辩证法的功绩——最终不论对什么都做出糊涂的结论。

少女——走到哪里都是一弯清冽的浅滩。

早期教育——嗯,这很好。在幼儿园时代就让孩子知道智慧是多么悲哀,也不用担当什么责任。

追忆——地平线上遥远的风景画。很早就完

---

1 室生犀星。

成了。

女人——根据玛丽·斯托普斯[1]夫人的见解，女人的贞节只有两周一次对丈夫产生情欲时，大概才会显现出来。

年少时代——年少时代的忧郁是对整个宇宙的骄慢。

艰难令汝如玉——如果艰难使你成为美玉，那么在日常生活里深谋远虑的男人，是不应该成为玉的。

我等应如何生活呢——应稍稍留下一些未知的世界吧。

社交

一切社交都理所当然地需要虚伪。如果丝毫不加虚伪，一旦对我们的朋友知己倾吐真心，纵

---

[1] 玛丽·斯托普斯（Marie Stopes, 1880—1958），英国产儿限制运动家。

是古代的管鲍之交，也不能不产生破绽。姑且不论管鲍之交，我们都或多或少对我们亲密的朋友有些憎恶或轻蔑。但是，憎恶在利害面前也会收敛锋锐，并且轻蔑也日益使人恬然地倾吐虚伪。因此，为了和我们的朋友知己结成最亲密之交，相互都必须具有最完善的利害和轻蔑。这当然对任何人都是最难实现的条件。否则我们早就成为礼让之士了。世界也许早就实现黄金时代的和平了。

琐事

为了使人生幸福，需要喜爱日常琐事。云彩的光芒，竹子的震颤，群雀的啼鸣，行人的脸面——应该在一切日常琐事中感受到无尽的甘甜。

是为了使人生幸福吗？——但是喜爱琐事也必然为琐事所苦。庭前古池跳入蛙，可能打破百年忧。但是，跳出古池的蛙也可能带来百年忧。[1]

---

1 松尾芭蕉（1644—1694）俳句。

不，芭蕉的一生是享乐的一生，同时在人人眼中也是受苦的一生。我们为了微妙之快乐，也必须遭受微妙之痛苦。

为了使人生幸福，也必须为日常琐事所苦。云彩的光芒，竹子的震颤，群雀的啼鸣，行人的脸面——应该在一切日常琐事中感受到堕入地狱的痛苦。

神

在神的一切属性中，最让人同情的是神不能自杀。

又

我们发现了咒骂神的无数理由。然而，不幸的是，日本人对全能的神没有相信到值得咒骂的程度。

民众

民众是稳健的保守主义者。制度、思想、艺术、宗教——所有的一切,为了取得民众喜爱,必须披上前代的古色。所谓民众艺术家不为民众所喜爱,这不一定是他们的罪过。

又

发现民众的愚蠢,未必值得夸耀。但是,发现我们自己也是民众,倒很值得夸耀。

又

古人历数以愚民为治国之大道,结果似乎使民众更愚蠢了——或者又不知用何种办法使民众聪明起来。

契诃夫的话

契诃夫在笔记里论述男女差别："女人随着年龄的增长，越来越从事女人的工作；男人随着年龄的增长，越来越离开女人的工作。"

其实，契诃夫这句话的意思，是说男女双方随着年龄的增长，都自动停止了和异性的关系。这是三岁孩子都明白的道理。不仅如此，与其说是男女的差别，倒不如说表示了男女没有差别。

服装

女人的服装至少是女人自身的一部分。启吉[1]之所以没有落到诱惑里去，当然是因为依仗了道义心的缘故。但是把他诱惑了的女人，是借穿了启吉妻子的衣服。如果不借衣服穿的话，启吉可

---

1 小说《启吉的诱惑》的主人公，作者为日本作家菊池宽，发表于1921年，描写主人公启吉对女佣的爱欲。

能也不会那么轻松地逃脱出诱惑。

注：见菊池宽《启吉的诱惑》。

处女崇拜

我们为了寻找处女做妻子，而在选择什么样的妻子上不知遭到多少滑稽可笑的失败，现在逐渐到了对处女崇拜可以无视的时候了。

又

处女崇拜是在知道处女的事实之后才会有的，也就是说，较之率直的感情，更重视琐细的知识。因此，应该把处女崇拜者称为恋爱上的玄学者。一切处女崇拜者都摆出一副严肃的姿态，看来不是偶然的。

又

当然,对好像是处女的女子崇拜和处女崇拜不是一回事。把这两者看作同义语的人,或许是过分看轻了女人表演的才能。

礼法

据说有个女学生问我朋友这样一件事:"接吻时是闭着眼睛好,还是睁着眼睛好?"

所有女子学校的教学中都没有关于恋爱的礼法。在这一点上,我和这个女学生一样甚感遗憾。

贝原益轩[1]

我在小学时代曾经学过贝原益轩的逸事。益

---

[1] 贝原益轩(1630—1714),江户时代的儒学教育家,亦精通医药、物产等。

轩曾经和一个学仆同坐一只摆渡船。学仆似乎很爱显露才华，滔滔不绝地畅谈古今学术。益轩一言不发，只是静静地听着。不久，船靠岸了。按照惯例，船客临别时要互通自己的姓名。学仆这时才知道是益轩，便在一代硕儒面前忸忸怩怩地对刚才自己的傲慢表示歉意。

当时，我在这个逸事里发现了谦让的美德。至少我为发现确实做过一番努力。然而不幸的是我至今丝毫没有取得教训。这个逸事之所以使今天的我仍旧多少产生了兴趣，仅仅是因为我有如下看法：

一、对于始终沉默不语的益轩的侮蔑，是多么辛辣至极！

二、学仆的羞耻引起同船的乘客的喝彩，是多么俗恶至极！

三、益轩所不知道的新时代的精神，在年轻学仆的畅谈中，显得多么泼辣和令人鼓舞！

一种辩护

某新时代的评论家在"猬集"的语义上，使用了"门可罗雀"这一成语。"门可罗雀"这个成语是中国人创造的。日本人使用它时，未必蹈袭中国人的用法。只要通用，比方说形容"她的微笑好像门可罗雀"也是可以的。

假若通用——万事都出在这个不可思议的"通用"之上。譬如"私小说"不也是如此吗？Ich-Roman 的意思是使用第一人称的小说。那个"我"并不一定指作家本人。但是，日本"私小说"中的我，往往就是作家本人。不，只要人家认为这是作家本人的阅历谈，甚至也可以把第三人称的小说叫作"私小说"。这当然是无视德国人——或无视整个西方人用法的新例子。然而全能的"通用"却赋予这个新例以生命。"门可罗雀"这个成语也许有一天会同样产生意外的新例。

这么说，某评论家并非特别缺乏学识。他只是稍稍在主流之外过急地寻找些新例就受到了揶揄——看样子，一切先觉者平常还是应该甘忍薄命啊！

限制

就连天才也各自受到难以超越的限制的约束。发现这个限制，不能不使人感到某些寂寥。但是，一转念却又使人感到亲切。就好像明白了竹子是竹子，常春藤是常春藤。

火星

问火星上有没有居民，就是问我们的五官是否感到火星有无居民的问题。然而生命未必以我们五官的感觉作为必备条件。假如火星的居民能超越我们的五官而得以存在，他们一群人今夜也许随着将法国梧桐叶子吹得枯黄的秋风，一起到银座来了。

布朗基[1]的梦

宇宙之大是无限的。然而，宇宙的构造只有六十几种元素。这些元素的结合尽管非常多，但毕竟没有脱离有限。就是说这些元素在构成无限大的宇宙时，尽管尝试着所有的结合，却也只能是无限的反复。因此，我们栖息的地球——作为这些结合之一的地球，当然不限于作为太阳系的一个行星而存在于无限之中。在这个地球上的拿破仑在马伦哥战役中取得了全胜。但是，在茫茫太虚里悬浮着的其他地球上的拿破仑，可能在同一的马伦哥战役中遭到惨败……

这就是六十七岁的布朗基所梦想的宇宙观。这理论是不容辩驳的。当布朗基在牢狱中写下这一梦想时，对一切革命都绝望了。不知为何，这件事至今仍然在我们内心深处隐藏着寂寞。梦已从大地上消失，我们为了寻求安慰，必须移向几

---

1 布朗基（Louis-Auguste Blanqui, 1805—1881），法国空想社会主义者。

万亿英里的天上——关系到宇宙之夜的第二个地球上光辉灿烂的梦境。

庸才

庸才的作品即便是大作，也必然像没有窗户的房屋，对展望人生丝毫没有好处。

机智

机智是缺少三段论法的思想，他们的所谓"思想"是缺少思想的三段论法。

又

嫌恶机智的念头植根于人类的疲劳。

政治家

政治家比起我们这些门外汉,夸耀政治上的知识,其实是各个保有的事实上的知识。到头来,某党、某头领戴着怎样的帽子,并没有多少差别。

又

所谓"剃头铺政治家",就是指没有知识的政治家。说起他们的识见,不一定比政治家逊色。并且在富于超越利害的热情这一点上,他们往往比政治家高尚。

事实

然而,事实方面琐细的知识常常为民众所喜爱。他们最想知道的不是爱情为何物,而是想知道基督是不是私生子。

武士学艺

我一向认为武士学艺,从来都是向四方的剑客拜师,磨炼自己的武艺。然而,今天看来,实际上是为了要发现天下没有和自己比肩的强者。

——《宫本武藏传》读后感

雨果

像遮蔽全法国的一片面包。然而不管怎么想,黄油抹得并不充分。

陀思妥耶夫斯基

陀思妥耶夫斯基的小说全都充满了漫画。不过这些漫画的大部分,无疑也会使恶魔感到忧郁。

福楼拜

福楼拜教给我的,可以说,也有美好的无聊。

莫泊桑

莫泊桑像冰,有时也像冰糖。

爱伦·坡

爱伦·坡在创作《斯芬克斯》前研究过解剖学。使爱伦·坡的后代感到震惊的秘密正是这项潜心的研究。

森鸥外

鸥外先生毕竟是一个军服上佩剑的希腊人。

某资本家的理论

"艺术家贩卖艺术,我贩卖蟹罐头,没有特别的不同。可是艺术家在谈到艺术的时候,自以为是天下的瑰宝。假如效仿那样的艺术家,我对六角钱一瓶的蟹罐头当然也应该骄傲。不肖行年六十一,还未曾想过哪怕有一次艺术家那种无聊的自我吹嘘。"

批评学

——致佐佐木茂索[1]君

在一个美好天气的午前,摇身一变而为博士的Mephistopheles[2],站在某大学的讲台上讲授批

---

1 佐佐木茂索(1894—1966),小说家、杂志编辑。师事芥川龙之介。

2 中文译名为梅菲斯特费勒斯,简称"梅菲斯特",浮士德传说中魔鬼的名字。

评学,但这个批评学并不是康德(Kant)的Kritik[1]或其他什么。只是讲解怎样从事小说和戏剧批评的学问。

"诸位,上周我讲的或许大家都明白了,今天我要进一步讲解'半肯定论法'。什么叫作'半肯定论法'呢?正如字面上所说,是对某一作品肯定一半艺术价值的批评方法。但是这'一半'应该是'更坏的一半'。在这个批评方法中,肯定'更好的一半'是颇为危险的。

"譬如我们将这个方法运用在日本樱花上看看吧。樱花'最好的一半'是色与形之美,然而因为运用这种批评方法,不是肯定'最好的一半',而是肯定'最坏的一半'——那就必须肯定樱花的香味了。总之,我们必须做出这样的结论:香味确实有,但毕竟如此而已。然而,倘若万一肯定'最好的一半'以取代'最坏的一半',会出现什么破绽呢?'色与形确实美。但毕竟是如此而已'。——这丝毫也没有贬低樱花。

---

[1] 德语,意为批评、批判。

"不用说，批评学的问题是如何贬低某小说或某戏剧。不过今天在这里没有必要论说。

"那么这个'更好的一半'或'更坏的一半'根据什么标准加以区别呢？为了解决这个问题，必须回溯到我们经常说起的价值论上来。价值并不像自古所信仰的存在于作品里，而是存在于鉴赏作品的我们的心中。就是说'更好的一半'或'更坏的一半'必须是以我们的心为标准——或者说必须以一个时代的民众喜爱什么为标准加以区别。

"比如现在的民众不喜欢日本式的花草，就是说日本式的花草是坏的。又如现在的民众喜欢巴西的咖啡，也就是说巴西的咖啡的确是好的。某作品的艺术价值的'更好的一半'或'更坏的一半'，当然也要按照这种例子加以区别。

"不运用这个标准，而去追求真、善、美等其他什么标准，那是最滑稽的时代错误。诸位应该扔掉染红的麦秸帽子那样的旧时代。善恶超越不了好恶，好恶即善恶，爱憎即善恶——这并不限于'半肯定论'，假如诸位有志于搞批评学，这个法则是不能忘记的。

"'半肯定论法'大致如上所述,最后我想提请各位注意的是'如此而已'这个词语。'如此而已'这个词语是必须使用的。第一,既然是'如此而已',那么'如此'确实是肯定'最坏的一半'。但是第二,它又确实是否定'如此'以外的东西的。就是说'如此而已'这个词语是颇富一扬一抑之趣的。然而,更微妙的是第三,'如此'在隐约之间否定了艺术的价值。虽说是否定,却并没有说明为什么否定,只是意在言外罢了——这是'如此而已'这个词语的最显著的特色。明显而又隐晦,肯定而又否定,这正是'如此而已'之谓矣!

"我认为这个'半肯定论法'比起'全盘否定论法'或'缘木求鱼论法',更容易博得信任。'全盘否定论法'或'缘木求鱼论法'上周我已经讲过了,为了慎重起见,我再大体上重复一遍。亦即把某种作品的艺术价值,从艺术价值本身加以全盘否定的论法。譬如,为了否定某悲剧的艺术价值,想想对悲惨、不快、忧郁等的责难就明白了。责难反过来运用,也可以咒骂某悲剧缺少幸福、愉快、轻松等。所谓'缘木求鱼论法'指的是从反面所讲的一种情况。'全盘否定论法'或'缘木求鱼论法'虽然痛快淋漓，但有时会招来偏激的怀疑。但是'半肯定论法'由于承认某作品一半的艺术价值，容易博得公平的看待。

"这里，我把佐佐木茂索的新作《春天的外套》[1]当作练习，下周请用'半肯定论法'对佐佐木氏的作品加以分析。（这时一个青年学生提问：'先生，不准用全盘否定论法吗？'）不，'全盘否定论法'的分析至少暂时先不说。因为不管怎么样，佐佐木氏是有名的新锐作家，所以仍限于用'半肯定论法'的方法分析……"

一周以后，最高分数答案揭晓：

写得很精妙。但毕竟如此而已。

父母和子女

我怀疑父母养育子女的方法是否正确。诚然，

---

1 佐佐木茂索处女短篇集。1924年11月由金星社出版发行。

牛马也是双亲养育起来的。但是,在自然的名义下为这种原有的习惯辩护,确实是双亲的任性了。如果在自然的名义下可以为任何陋习辩护的话,无疑就是为未开化人种的掠夺婚姻而辩护。

又

母亲对子女的爱是最无私的爱。但无私的爱未必是养育子女的最好方法。这种爱对子女的影响——至少影响的大半,要么使之成为暴君,要么使之成为弱者。

又

人生悲剧的第一幕,是从成为父母子女开始的。

又

古代有很多父母重复这样一句话:"我毕竟是个失败者,但我必须使这孩子获得成功。"

可能

我们不可能为所欲为,只能做办得到的事情。这不限于我们个人,我们的社会也是如此。恐怕神也不能按照自己的愿望创造这个世界。

穆尔[1]的话

乔治·穆尔在《为我死去的我的备忘录》里加进这样一句话:"伟大的画家对自己署名的地方非常慎重,并且决不让自己的署名两次出现在同一场所。"

当然,"决不让自己的署名两次出现在同一场所",不论哪个画家也办不到。但这是用不着指责的。我感到意外的是"伟大的画家对自己署名的地方非常慎重"这句话。东方画家对落款的地方

---

1 乔治·穆尔(George Moore,1852—1933),爱尔兰小说家、批评家、剧作家。

历来不曾轻视。请注意落款的地方等是陈词滥调。当我想起特地提笔讲这件事的穆尔,就不由得感到东西方之差别。

大作

把大作和杰作混为一谈,确实是鉴赏上的物质主义。大作只不过是手工钱的问题,比起米开朗琪罗的壁画《最后的审判》来,我更喜爱六十几岁的伦勃朗的自画像。

我喜爱的作品

我喜爱的作品——文艺作品——是可以由其而得知作家本人的作品。人——具备头脑、心脏、官能感觉等一个完整的人。但不幸的是,多数作家都是缺少某一部分的残缺者(当然,有时对伟大的残缺者也不能不为之敬服)。

看《虹霓关》

不是男人猎取女人,而是女人猎取男人。——萧伯纳在《人和超人》里曾把这个事实戏剧化了。然而戏剧化这个的未必自萧伯纳起始。我看了梅兰芳的《虹霓关》,知道中国已经有注意到这种事实的戏剧家了。不仅如此,在《戏考》这本书里除《虹霓关》之外,还记载了女人运用孙吴兵法和使用剑戟捕捉男人的不少故事。

《董家山》里的女主角金莲,《辕门斩子》里的女主角桂英,《双锁山》里的女主角金定……都是这样的女中豪杰。看那《马上缘》里的女主角梨花,她不仅把她所喜爱的年轻将军从马背上抓住,并且无视对方说对不起自己的妻子,硬是和他结了婚。胡适先生曾对我说:"除了《四进士》,我对全部京剧的价值都想加以否定。"但是这些京剧至少都是富有哲学性的。哲学家胡适先生,面对这一价值观,难道不应该把自己的雷霆之怒稍微缓和一些吗?

经验

只依靠经验，无异于不考虑消化而只依靠食物。同时一味无视经验而只依靠能力，也就等于不考虑食物而只依靠消化。

阿喀琉斯

希腊神话中的英雄阿喀琉斯，除足踵之外，周身刀枪不入。——也就是说为了了解阿喀琉斯，就必须了解他的足踵。

艺术家的幸福

最幸福的艺术家，是晚年获得名声的艺术家。由此看来，国木田独步未必就是不幸的艺术家。

老好人

女人经常不愿意丈夫做老好人。但男人却经常希望朋友做老好人。

又

老好人首先像天上的神。第一,可以畅谈高兴;第二,可以倾诉不平;第三——有他没他都行。

罪

"憎其罪而不憎其人",实行起来不一定很难。多数孩子对多数父母都老老实实实践了这条格言。

桃李

"桃李不言,下自成蹊",诚然是智者之言。但并非"桃李不言",实际上是"桃李假如不言"。

伟大

民众喜爱被人格和事业的伟大所笼络。但有史以来都不喜爱面对伟大。

广告

十二月号《侏儒的话》一文中的《致佐佐木茂索君》,并非贬抑佐佐木君,而是嘲讽不承认佐佐木君的批评家。用这件事做广告,也许蔑视了《文艺春秋》读者的头脑。但某批评家实际上认为那是贬低佐佐木君的。听说这个批评家也有不少追随者,因此想刊登这个广告。把这件事公开并不是我的本意。实际是前辈里见弴[1]君鼓动的结果。请对这个广告表示愤怒的读者去责难里见君吧。

——《侏儒的话》作者

---

1 里见弴(1888—1983),日本小说家。

补充广告

前面刊载的广告中所说"责难里见君吧",当然是我的玩笑。实际上不加责难也是可以的。我在敬佩以某批评家为代表的一群天才之余,变得比平时多少有点神经质了。

——同上

再补充广告

前面所刊载的补充广告中说:"敬佩以某批评家为代表的一群天才",当然是反语。

——同上

艺术

画力三百年,书力五百年,文章之力千古无

穷，这是王世贞[1]说的话。但是根据敦煌发掘品看，书画经历了五百年后，似乎依旧保持着力量。而文章能不能在千古无穷中保持力量却是个疑问。观念不能超越时代支配之外。我们的祖先在"神"这个词里仿佛显现着衣冠束带的人物，而我们却在同样的词里显现留着大胡子的西方人。这也并非只有神是如此，不论在什么现象上都可能出现。

又

我记不清何时看到过东洲斋写乐[2]的肖像画。那画中人物把画着绿色的螺钿工艺风格的扇面展开在胸前。这无疑是为了增强整体的色彩效果。但用放大镜看时，涂上的绿色是产生铜绿的金色。我确实为写乐所画的这幅肖像画的美所感动。但是，我的感动确实又和写乐捕捉的美不同。我觉得那种变化在文章里也会产生。

---

1 王世贞（1526—1590），中国明代文学家、史学家。

2 东洲斋写乐（生卒年不详），日本江户时代的浮世绘画家。

又

艺术和女人相同。为了使人看上去最美,一定要包围在一个时代的精神氛围和时髦之中。

又

不仅如此,艺术在空间还必须负载着轭木。为了喜爱一国国民的艺术,就必须了解这个国家国民的生活。在东禅寺受到流浪武士袭击的英国特命全权公使拉瑟福德·阿尔科克[1]爵士认为,我们日本人的音乐使人感到的全是噪声。他的《驻日三年》一书里有这样一段话:

"我们在上坡的路上,听到近似夜莺的黄鹂的鸣叫。就是说,日本人在教黄鹂学唱歌。如果这是真的,那实在令人惊讶。原来日本人不会自己教音乐。"

---

[1] 拉瑟福德·阿尔科克(1809—1897),第一位居住在日本的英国外交代表。

天才

天才和我们只有一步的间隔。为了理解这一步,我们必须懂得百里的一半是九十九里的超数学。

又

天才和我们相隔仅仅一步。同代人常常不明白这一步有千里之遥,而后代人又对这千里的一步全然不解。同代因此而扼杀天才,后代则又因此而在天才面前焚香。

又

民众对于承认天才的吝啬,是难以置信的。而这种承认方法却常常又是颇为滑稽可笑的。

又

天才的悲剧在于获得"谨小慎微、良好居心的声誉"。

又

耶稣："我吹我笛，汝等不必跳舞。"

彼等："我等虽舞，汝勿满足。"

谎言

我们不论在何种场合，对于不拥护我们利益之人，都不能投以"神圣的一票"。那种取代"我们的利益"而调换为"天下的利益"，是整个共和制度的谎言。我认为这种谎言就是在苏维埃政权下也不可能被消灭。

又

虽成一体而采用两种思想，假如仔细琢磨一下触点，诸位将会发现自己是如何受到多数谎言的养育了。因此，一切成语常常就是一个问题。

又

赋予我们社会以合理外观的，事实上不就是那种不合理的——那种非常不合理的原因造成的吗？

列宁

最使我惊奇的是，列宁是一个理所当然的英雄。

赌博

同偶然，即同神搏斗的人，常常是充满神秘的威严。赌博也不出此例。

又

自古以来热衷于赌博的人，都不是厌世主义者。这多么酷似赌徒的人生。

又

法律禁止赌博，并非因为赌博的财富分配不

符合法律，实则是为了否定那种经济上的兴趣主义。

怀疑主义

怀疑主义也建立在一种信念之上——建立在应该怀疑却不加怀疑的信念之上。可不是吗，这也许是矛盾的。但怀疑主义同时又多少对那种不建立在信念上的哲学也抱有怀疑。

正直

若要变得正直，那么我们立即就会发现，任何人都做不到正直。故而，我们不得不为正直而感到不安。

虚伪

我认识一个好说谎的人,她比谁都幸福。但因为过度说谎骗人,就连讲真话的时候,人家也以为她在说谎。因此,这在任何人看来都是这个女人的悲剧。

又

我和一切艺术家一样善于说谎。但总是比那个女人稍逊一筹。那个女人实际上能把去年的谎言记得像五分钟前说的一样。

又

我懂得不幸,懂得有时除依靠说谎之外还有不能讲出真实的不幸。

诸位

诸位由于青年的艺术而担心堕落。但是,请

先安下心来吧！诸位是不会那么容易堕落的。

又

诸位恐惧艺术毒害国民。但是，请先安下心来吧！至少在艺术上毒害诸位是绝对不可能的。对于那些不理解两千年来艺术魅力的芸芸众生产生毒害，那是绝对不可能的。

忍从

忍从是浪漫的卑屈。

企图

成功不一定是困难的。但是，欲望却常常是困难的，至少在总希望成功这点上。

又

要知道彼等企图的大小,只能从彼等的成功来看他们的打算。

士兵

理想的士兵,不管长官的什么命令也必须绝对服从。绝对服从的问题是绝对不能批评的。也就是说,理想的士兵首先必须失去理性。

又

理想的士兵,不管首长的什么命令也必须绝对服从。绝对服从的问题是绝对的不负责任。也就是说,理想的士兵首先应该喜爱无有责任。

军事教育

所谓军事教育,毕竟只是传授军事用语的知

识。其他知识或训练，也不是等到军事教育之后就能获得。现在就连海陆军学校，且不说机械学、物理学、应用化学、语言什么的，就连剑道、柔道、游泳等不也是门门都在雇请专人吗？进一步思考起来，军事用语与学术用语不同，大部分都是通俗用语。就是说，所谓军事教育实际上是不存在的。事实上不存在之物的利害得失，当然不会成为问题。

勤俭尚武

再也没有比"勤俭尚武"这句成语更无聊的了。尚武是国际奢侈。目前列强不是在为军备而花费巨资吗？倘若"勤俭尚武"不是痴人说梦，那么，"勤俭游荡"这一说法当然也可以通用了。

日本人

我觉得我们日本人两千年来的忠君孝亲，和猿田彦命[1]用发蜡是一样的。岂不是到了彻底弄明白历史的本来面目的时候了吗？

倭寇

倭寇显示了我们日本人有足够的能力与列强为伍。我们在抢劫、杀戮、奸淫等方面绝不亚于前来探取"黄金岛"的西班牙人、葡萄牙人、荷兰人和英国人。

《徒然草》

我多次被人询问："你肯定喜欢《徒然草》吧？"

---

1 猿田彦命是日本古代神话中的神，为天孙降临世间开路。

然而，不幸的是我从来不阅读《徒然草》等书籍。坦率地说，我实在不明白《徒然草》为何那么出名，我认为还是作为中学教科书更有用。

征候

恋爱的征候之一是揣测她过去爱过多少个男人，或爱过一些什么样的男人。而对想象中的某些人又漠然地感到嫉妒。

又

恋爱的另一种征候，是对发现和她相似的面孔极度敏感。

恋爱和死

恋爱使人们联想到死，也许是掌握了进化论的根据。蜘蛛或蜜蜂交尾之后，雄性马上被雌性刺死。我看意大利演员巡回演出的歌剧《卡门》[1]时，不知怎的总觉得卡门的一举一动像蜜蜂。

替身

我们为了爱她，往往把她之外的女人当作她的替身。落到这步田地并不只限于在她拒绝我们的时候。我们有时因为胆怯，有时又出于美的要求，很可能让一个女人同时成为这一残酷的安慰的对手。

结婚

结婚在调节性欲上是有效的。但在调节恋爱上并非有效。

---

[1] 法国作曲家比才（Georges Bizet，1838—1875）根据梅里美小说所作四幕歌剧。描写女主人公泼辣勇敢、向往爱情、追求幸福的精神。

又

他在二十几岁结婚之后,一次也没有沉沦在恋爱关系中,这是多么俗恶啊!

多忙

把我们从恋爱中拯救出来,与其说是依靠理性,毋宁说是由于太忙。为了进行十全十美的恋爱,最重要的是需要时间。维特、罗密欧、特里斯坦——我们不妨看看自古以来的恋人,他们都是闲人。

男子

男子比起恋爱来,历来是更尊重工作的。倘若怀疑这个事实,那就读读巴尔扎克的信好了。巴尔扎克在给韩斯卡伯爵夫人的信里说:"这封信如果折算稿费的话,已经超过好多法郎了。"

行仪

过去经常出入我家的女强人——女梳头师——有个女儿。记得那是一个面孔苍白的十二三岁的姑娘。女梳头师为了教这个女儿学习行仪，非常严厉。睡觉时一旦离开枕头就会受到处罚。但是，最近偶然听别人提起，说这个姑娘早在关东大地震前就当了艺伎。我听到这一消息略感悲哀，但又不得不付诸微笑。那个女人想必是成为艺伎之后也按照严格的母训，睡觉时不离枕头吧……

自由

没有人不想获得自由。但是，这只是表面。其实，不论何人在内心深处并不想要一点自由。其证据就是杀人不眨眼的流氓，不是也说为金瓯无缺的国家而杀死某某的吗？但是自由对我们的行为是没有任何约束的，即对神、道德，或者社会习惯等，都不负任何的责任。

又

自由和山巅空气相似，两者都使弱者难以承受。

又

认真看待自由，马上就会发现神的面颜。

又

自由主义、自由恋爱、自由贸易——不管哪种"自由"，偏偏都是杯中混入的多量的水，而且大都是积水。

言行一致

为得到言行一致的美名，首先要长于为自己辩护。

方便

有一人不欺的圣贤,却没有不欺天下的圣贤。佛家的所谓"善巧方便"[1],实际上就是精神上的权谋[2]。

艺术至上主义者

自古以来狂热的艺术至上主义者,大都在艺术上是失势者。正如狂热的国家主义者,似乎大都是亡国之民——我们谁也不想得到自己身上已有之物。

---

1 善于教化众生。

2 马基雅维利主义的思想。尼可罗·马基雅维利(Niccolò Machiavelli,1469—1527),意大利文艺复兴时期思想家。主张为国家目的将政治从基督教的道义中解放出来。被认定为精神上的权谋。

唯物史观

假若小说家人人都必须站在马克思唯物史观的立场上描写人生，那么诗人个个都必须站在哥白尼地动说一边上歌颂日月山川。不说"太阳西沉"，而说"地球旋转几度几分"。这恐怕并不优美。

中国

萤火虫的幼虫吃蜗牛时，不是把蜗牛杀死。为了经常吃新鲜的肉，只是使蜗牛麻痹。以我日本帝国为首的诸列强的对华态度，毕竟和萤火虫对蜗牛的态度毫无二致。

又

今日中国最大的悲剧，或许是无数的国家浪漫主义者，却没有一个人可以为了"年轻的中国"而进行钢铁般的训练。

小说

真正的小说不仅在事件发展上偶然性很少,即使和人生相比,偶然性同样要少。

文章

文章里的语言,较之辞典里的应该更美。

又

他们都和樗牛[1]那样自称"文如其人"。但是,在内心里想的却是"人如其文"。

女人的脸

女人为热情所驱使,不可思议地会表现出少

---

[1] 高山樗牛(1871—1902),日本文学评论家。

女般的面孔。不过,这种热情并不妨碍她们对阳伞的热情。

处世智慧

灭火并不像放火那样容易。这种处世智慧的代表人物确实就像《俊友》[1]中的主人公。他在谈恋爱的时候,已经考虑到离婚了。

又

如果单讲处世术,最好不要患上热情不足。换句话说,危险显然来自冷淡。

恒产

没有恒产就没有恒心,这是两千年前的古

---

1 法国作家莫泊桑的长篇小说。

训[1]。现在，有恒产者好像也没有恒心。

他们

我对他们夫妇没有恋爱就相互拥抱着一道生活大为惊叹。不过，更使我惊叹的是，他们因何缘由能够互敬互爱相守终生。

作家创造的语言

"自吹自擂""高等游民""自我暴露狂""老一套"等语言在文坛上流行，是从夏目先生开始的。作家创造的这种语言，在夏目先生之后当然也不是没有。久米正雄君创造的"微微苦笑""强力胆怯"等可能更是突出的例证。另外，使用"等、

---

1 孟子《滕文公》："民之为道也，有恒产者有恒心，无恒产者无恒心。"

等、等",是宇野浩二君所创造。我们并不总是有意识地脱帽致敬。不仅如此,有时还有意识地对敌人、妖怪和狗之类脱帽致敬。在咒骂某作家的文章里,引用那个作家创造的语言,也许并非出自偶然。

幼儿

我们究竟为何喜欢幼小的孩子呢?其中一半的原因是至少不必担心被幼小的孩子欺骗。

又

我们只是在面对幼小的孩子时——或者只是在面对猫狗时,才恬然地把我们的愚蠢公开出来而不以为耻。

池大雅[1]

"大雅是个颇为不拘小节的人。疏于世情之事,在迎其妻室玉澜时,不知夫妇之道,由此可略察其人。"

"大雅娶其妻而不知夫妇之道的故事,可谓脱离世俗人情,说来饶有风趣。但也可以认为他是个完全没有常识的愚人。"

相信这种传说的人,正如此处引述的文章,今天依然存在于艺术家和美术史家之间。大雅娶玉澜时也许从未有过夫妇交合,然而,如果因此而认定大雅不懂夫妇之道——那么不用说此人自己无疑有着强烈的性欲。同时,由于此人深谙夫妇之道,不实行夫妇交合是不可能的。

---

[1] 池大雅(1721—1776),日本江户时代画家、书法家。

荻生徂徕[1]

荻生徂徕嚼着煎豆大骂古人以为快。但我相信他口嚼煎豆只是出于节俭。至于他为什么爱骂古人,我却一向弄不明白。然而今天想想,那是因为比起咒骂今人确实毫无阻碍。

小枫树

手指稍微触摸一下小枫树树干,树梢一簇幼芽就会神经质地震颤起来。植物真是令人害怕!

癞蛤蟆

最美丽的石竹色,正是癞蛤蟆舌头的颜色。

---

[1] 荻生徂徕(1666—1728),日本德川时代中期的哲学家和儒学家。

乌鸦

我在一个雪霁的傍晚,看到一只漆黑的乌鸦站在邻居的屋顶上。

作家

写文章最不可缺少的东西是创作的热情。为使其创作热情高涨,最不可缺少的东西是某种程度的健康。轻视瑞典式体操、素食主义、复方淀粉酶,而想要为文者皆是无志。

又

欲为文者,不论是何种城市人,其灵魂深处必须是野蛮人。

又

欲为文者,以其自身为耻辱是罪恶。在以自身为耻辱的心灵上,不可能萌生任何独创之嫩芽。

又

蜈蚣：你用脚走路给我看看！

蝴蝶：哼，你用翅膀飞给我看看！

又

气韵是作家的后脑勺。作家自己是看不到的。假如硬是要看，大概只有扭断颈骨。

又

批评家：你只能写上班族的生活吗？

作家：难道会有什么都能写的人吗？

又

一切古来的天才都在我们凡人手臂够不到的墙壁钉子上挂帽子。但必须有踏脚的凳子。

又

而且，那个脚踏的凳子，无论哪一家旧货商店里都有。

又

任何作家在某些方面都具有木匠的面孔。但是，这不是耻辱。任何木匠也在某些方面具有作家的面孔。

又

不仅如此，任何作家同时又在某些方面开店铺。哦，我的作品卖不出去吗？告诉你吧，那是在没有人买的时候，或者是在我不出售也无关大局的时候。

又

演员、歌唱家的幸福是他们的作品不会保留下来——我有时不能不这样想。

《侏儒的话》遗稿

辩护

为自己辩护比为他人辩护要困难。如果有怀疑,就看看律师吧!

女人

健全的理性发出命令:"尔,勿近女人。"

然而,健全的本能却在发出完全相反的命令:"尔,勿避女人。"

又

对我们男子来说,女人才是真正的人生,亦即诸恶之根源。

理性

我是瞧不起伏尔泰的。倘若理性始终存在，我们只能对我们的存在加以满腔的诅咒。但是，陶醉于赞赏世界的 *Candide*[1] 的作者是多么幸福！

自然

我们之所以爱自然——其缘由之一，至少是由于它不像我们人那样既嫉妒又欺骗。

处世术

最贤明的处世术是既蔑视社会因袭，又过着与社会因袭不相矛盾的生活。

---

1 即《天真汉》，是法国启蒙思想家、哲学家、作家伏尔泰（Voltaire，1694—1778）的哲理小说。

崇拜女人

"永远的女性"的崇拜者歌德,确实是一个幸福的人。但是,轻蔑雌性耶胡[1]的斯威夫特却不能不在疯狂中死去。这是不是由于女性的诅咒呢?还是由于理性的诅咒呢?

理性

理性教给我的,毕竟是理性的无力。

命运

比起偶然,命运即必然。"命运在性格中"这句话,决非产生于等闲之中。

---

1 耶胡(Yahoo),斯威夫特的小说《格列佛游记》(1726)中所描写的马国里供马驱使的畜类(指人)。当时的社会罪恶,诸如贪财好斗、酗酒荒淫都集中在他们身上。

教授

如果借用医学用语，讲授文艺就应该是讲授临床医疗。然而他们却不曾摸到人生的脉搏。特别是他们之中有人虽懂得英法的文艺，却声称不懂得养育他们祖国的文艺。

知德合一

我们甚至不知道我们自己。何况要把我们的所知付诸行动，那就更加困难。写了《智慧和命运》的梅特林克对智慧和命运也是一无所知。

艺术

最困难的艺术是自由自在地度过人生。然而，"自由自在"不一定意味着厚颜无耻。

自由思想家

自由思想家的弱点就在于他是自由思想家。到底不能像狂信分子那样凶猛地进行战斗。

宿命

宿命也许是后悔之子——或者后悔也许是宿命之子。

他的幸福

他的幸福在于他自己没有教养。同时,这也是他的不幸——啊,多么无聊!

小说家

最好的小说家是"通晓世故的诗人"。

词语

一切词语都像钱币一样具有两面。比如"敏感"这一词语的另一面就只能是"怯懦"。

某物质主义者的信条

"我不信仰神。但信仰神经。"

傻子

傻子总是认为他以外的人全都是傻子。

处世的才能

不论怎么说,"憎恶"也是处世的才能之一。

忏悔

古人在神前忏悔,今人面对社会忏悔。于是,除了傻子和坏蛋,不论何人,不做些忏悔抑或不能忍受人世之苦。

又

然而,不论是谁的忏悔,能有多大信用,自当别论。

《新生》[1]读后

果真能有"新生"吗？

托尔斯泰

读了毕尔可夫[2]的托尔斯泰传，就会明白托尔斯泰《我的忏悔》和《我的宗教》都是谎言。然而，没有比不断述说这个谎言的托尔斯泰的心更伤痛的了。他的谎言比起他这个人的真实，却滴沥着更多鲜血。

---

1 岛崎藤村（1872—1943）自传体小说，描写主人公岸本妻死之后，同侄女的不伦之恋。

2 毕尔可夫（Paul Birukov, 1860—1931），俄国传记作家，主要作品是四卷本托尔斯泰传记。

两个悲剧

斯特林堡一生的悲剧,是"随意观览"的悲剧。但托尔斯泰一生的悲剧,不幸的是,并非"随意观览"。所以后者比前者以更大的悲剧而告终。

斯特林堡

他无所不知。而他又把自己知道的毫无保留地暴露出来。毫无保留——不,他和我们一样,也许多少有些打算吧!

又

斯特林堡说过,他在《传说》一书里对死是否痛苦曾经进行过实验。然而,这种实验并非游戏能够做到。他也是"想死而又没有死"的一个。

一个理想主义者

他一点也不怀疑自己是个现实主义者,但他自己毕竟把自己理想化了。

恐惧

使我们拿起武器的,常常是对敌人的恐怖。而且常常是对并不存在的想象中的敌人感到恐怖。

我们

我们都以我们自身而羞愧,同时又害怕他们。但是,谁也不肯坦率地讲出这个事实。

恋爱

恋爱只不过是接受性欲的一种诗的表现。至少可以说,不受诗的表现的性欲,是不值得称为恋爱的。

一个老练的人

他的确是老练的人。一旦能引起丑闻的时候,他很少搞什么恋爱。

自杀

万人唯一共同的感情,就是对死的恐惧。道德上自杀的人名誉不好,或许并非偶然。

又

对自杀进行辩护的蒙田[1]，包含几多真理。不自杀的人并不是不想自杀，而是不能自杀。

又

我想死什么时候都可以死。

那么请你死一回给我看看！

革命

革命之上再增加一次革命。那么比起今天，我们就更能尝到合理的人间之苦。

---

1 蒙田（Michel de Montaigne，1533—1592），法国思想家。以深刻的怀疑精神探索人类本来面目。所著《随笔集》（1580）给予后世哲学、文学以重大影响。

死

迈兰德[1]颇为正确地叙述了死的魅力。其实我们只要有机会受到死的魅力的感动,那就很难逃出这个圈子。不仅如此,就好像围着同心圆,一步步走向死。

"伊吕波"短歌[2]

我们生活中不可缺少的思想,也许都在"伊吕波"短歌里了。

---

1 迈兰德(Mainländer, 1841—1876),德国哲学家、诗人。

2 "伊吕波"短歌,也作色叶歌,传说是日本平安时代初期的僧人空海(774—835)所作,实际上是平安时代中期的作品。内容充满了佛教的过世思想。

命运

遗传、境遇、偶然——掌管我们命运的就是这三者。自己喜欢的东西就喜欢好了。但是谈论其他,那是太冒昧了。

嘲笑者

嘲笑他人者,同时也怕被他人所嘲笑。

一个日本人的语言

让我当苦工吧!不然就给我言论自由!

人性的、相当富有人性的

人性的、相当富有人性的东西,大体上都属

于动物。

某才子

他深信自己即使变成坏人也绝不会变成傻子。但若干年后一看,虽然没有变成坏人,却始终是个傻子。

希腊人

把复仇之神置于朱庇特之上的希腊人啊,你们是无所不知的。

又
但是这也表现我们人的进步是多么迟缓。

《圣经》

一个人的智慧比不上民族的智慧。假若能稍微再简洁一些……

某孝行者

他孝顺其母。自然很懂得用爱抚和亲吻，可以使成为寡妇的母亲得到些慰藉。

某恶魔主义者

他是恶魔主义[1]的诗人。但是，在真实生活

---

1 19世纪末唯美主义培育下的颓废主义。奉行此种信条的作家违反伦理和习惯，追求美与快乐。其作品以怪异、黑暗的世界为背景，带有病态的人工特点。代表者有爱伦·坡、波德莱尔、王尔德，日本有永井荷风、谷崎润一郎等。

中，只越过一次安全地带，就不想再受惩罚了。

某个自杀者

他为某些琐末细事而决心自杀。但出于这种原因而自杀，损害了他的自尊心。他握着手枪，傲岸地自言自语说："拿破仑被跳蚤咬了的时候，肯定也会觉得痒的啊！"

某左倾主义者

他处于最左翼之最左翼。因而也就瞧不起最左翼。

不自觉

我们性格上的特点——至少最显著的特点，

是不自觉超过了我们的自觉。

矜夸

我们最感自豪的只是我们未拥有的东西。实例：T擅长德语。但他桌子上经常放置的却是英语书。

偶像

不论什么人对破坏偶像都是没有异议的。同时把自己当成偶像，也是没有异议的。

又

然而，不论什么人都不可能泰然地当上偶像。当然天命自当例外。

天国之民

天国之民,首先应该没有胃袋和生殖器。

某幸福者

他比谁都单纯。

自我嫌恶

自我嫌恶最显著的征候,是在一切事物中寻找谎言。不,不仅如此,还要在寻找谎言中丝毫也不感到满足。

外表

自古以来的胆小鬼看上去总是显得最勇敢。

人性

我们人类的特征,是常犯神所决不会犯的过失。

惩罚

没有比不受惩罚更痛苦的惩罚了。倘若这种决不受惩罚是受神保障的,自当别论。

犯罪

在道德或法律范围内的冒险行为——毕竟就是犯罪。因此,无论何种犯罪,都不能不带有传奇色彩。

我

我没有良心，我只有神经。

又

我每每认为别人死了好，而在别人之中甚至不免包括我的亲骨肉。

又

我每每这样想：我迷恋她时她也迷恋我；我讨嫌她时她也讨嫌我，那该多好。

又

我过了三十岁以后，每逢要发生恋爱，就拼命地写作抒情诗，不等深入即行退却。但这未必是我在道德上的进步，只是觉得在内心里要稍微盘算一下为好。

又

和深爱的女人谈话超过一小时，我也会感到

厌倦无聊。

又

我常常说谎。但不论是诉诸文字还是言之凿凿，总显得极为拙劣。

又

和第三者共有一个女人不会使我不满。但是在不知道第三者是幸福还是不幸这一事实时，常常不知怎的，突然对这个女人感到厌恶。

又

和第三者共有一个女人不会使我不满。但有一个条件：要么和第三者素昧平生，要么关系非常疏远。

又

我对为爱第三者而避开丈夫眼目的女人，仍然不能不表示爱恋。但由于爱第三者而不顾孩子的女人，却使我满心充满憎恶。

又

只有天真无邪的孩子才能使我多愁善感。

又

我不到三十岁时曾爱过一个女人。这个女人有一次对我说:

"对不起你的妻子。"

我倒并不觉得怎么特别对不起我的妻子。但奇怪的是,这句话深入我的内心。我真诚地回想:也许我也对不起这个女人。我至今对这位女性仍然怀着温馨之情。

又

我对金钱是冷淡的。不用说,我不愁吃喝。

又

我是孝敬双亲的,因为父母都上了年岁。

又

我对两三位朋友就算没讲过真心话,但也没

有说过一次谎,因为他们对我也从不说谎。

人生

即使是革命加革命,我们人的生活除"作为被选上的少数",都是黯淡无光的。而作为"被选上的少数",也只是"傻子和坏人"的异名罢了。

民众

莎士比亚、歌德、李太白、近松门左卫门都将消亡,可是艺术在民众中一定会留下种子。我在大正十二年[1]写道"宁为玉碎,不为瓦全"。至今我也没有动摇这种信念。

---

1 即1923年。

又

听听铁锤有节奏的声响吧!只要那节奏存在,艺术就永不消亡。

(改元昭和[1]的第一天)

又

我是失败了。但是,创造我的人必然还会创造他人。一棵树的枯萎只不过是区区小事而已。只要孕育无数种子的土地依然存在就好。

(同上)

某夜的感想

睡眠比死亡更快乐,至少更为容易。

(改元昭和的第二日)

---

1 即1926年。

抚掌谈

名士和住居

听说夏目先生的旧居变卖了。那么大的房子很难保存下去。

书斋倒也只有两间,若和住居分割开来,也不是不可保留,但还是住在普通人家那种住房,或者间隔开来的厢房里,保存起来较为容易。

追逐帽子

走路时,突然一阵风刮来,将帽子吹走了。

顾及着自己周围的一切去追逐帽子,因此帽子很难追到手。

另一人帽子被吹走的同时,他一门心思记挂着帽子,拼命追逐。撞倒了自行车,被汽车轧住,又遭马车上的土木工人的叱骂。——其间,帽子一直顺着风向飞驰。这种人最终总能追到帽子。

但是,不论怎样,人生的结局似乎都不甚理想。没有相当的政治性或实业方面的天才,是不能够轻易弄到帽子的。

一件怪事

每月领取微薄工资的妻子，住在大杂院里的老婆子，高兴地读着一本世间难得的通俗小说，对伯爵夫人的生活激动不已。我看了，既感到悲惨，又感到可笑。

《凯恩》[1]和《可叹的丑角》[2]

最近，进口两部著名电影《凯恩》和《可叹

---

1 《凯恩》，法国电影，1924年根据舞台剧《名优之恋》改编而成。描写名优凯恩（Kean）和伯爵夫人相恋的故事。

2 《可叹的丑角》，法国电影，描写西班牙一马戏团班主爱上丑角演员的美貌妻子，因遭到拒绝实行报复，放虎将她咬伤，而后在班主妻子的援救下，丑角夫妻终于逃离虎口。

的丑角》。

看情节内容,《凯恩》很像小说,颇为有趣。大多数男人很容易滑向凯恩那样的位置。大多数女人,也很容易被置于凯恩的情妇——伯爵夫人那样的境遇。

《可叹的丑角》中,丑角夫妻所处的那种位置,一般的人们,一生里总会有一次怅恨之事。然而被虎咬伤之类的事情,想想这一生,恐怕不大会碰到。不过,假若不是虎而是狗,又当别论。

电影

侧面看电影,实在可惨。再漂亮的美女,都变成面饼子了。

又

不管看多少电影,转眼就忘记了情节。最后连电影的名字也忘了。等于没有看。读书,不论多么乏味的内容,都不太容易忘掉。这事实在不可思议。

我想,如果电影里的人物对我说话,就不会那么容易忘记。尽管不是自己在饶舌。

狗

听说日俄战争中,战场上没有被卫生队收容的伤员,夜间倒在地上,都被野狗吃了。野狗先咬断阴茎,接着咬破肚肠。此类事,仅仅听说就令人毛骨悚然。

从《辨妄和解》谈起

安井息轩[1]的《辨妄和解》是一本有趣的书。读了这本书,感到日本人是个非常讲求实际的种

---

1 安井息轩(1799—1876),名衡,字仲平,江户后期朱子学派儒学家。注重汉唐古注疏,长于考证,颇有文名。著作有《海防私议》《论语集说》《左传辑释》等。

族。即便是看待各种一般事物，在日本动辄就要进行一场不折不扣的革命，但看不到外国那种流血革命的惨象。

刑

执行死刑时，独自走上绞首台的人，甚为稀少。大体都是被硬拖上台的。

在美国，有几个州已经彻底废除了死刑。日本，在不远的将来也会废除死刑吧？

同一味想杀人的人一道生活，是很麻烦的事。然而，对他本人来说，一生被监禁——这已经够痛苦的了，没有必要再判死刑了。

又

对犯人来说，只要被剥夺外出的自由，已经是十二分的痛苦了。

在监牢里，似乎用不着禁止他们做事情。

假如我一旦因犯事而关进监牢，到那时我只

要求给我纸笔和书籍。我这是轮到抓小偷才想起搓绳子，不是吗？

又

这是学生时代的事。上完课，从楼上下来，外面不知何时哗哗地下起雨来了。我去木屐放置地穿我自己的木屐，结果没有我的木屐，到处寻不着。我穿的是室内草鞋，外头下着大雨。

实在没办法可想。但那里有一双本不属于我的脏木屐，我想穿，想拿。

不过，当时我终于没有拿那双木屐。那时候，即使拿来那木屐，也是不得已的事。

书

书不拘内容如何，作为书，可以具有其本身的价值，可以独自成为一种艺术。

又

我喜欢装帧好的书，因而也很珍爱它。

最近，堀口大学君送我一本阿波里奈尔[1]的书，书甚为漂亮，内容也富有现代的情趣。

流年之感

人过三十，所谓流年之感渐渐加深了。

想想现在的年轻人，我等感到已经落后于时代了。

看飞机在天上飞，我等是长大之后看的，现在的年轻人孩童时代就看到了。看电影，我们是从放幻灯片时知道的，如今的人们打从孩子时代就能看到明亮度很好的电影了。

比起我等那个时代，如今的人们实在快活而舒畅。

---

1 纪尧姆·阿波里奈尔（Guillaume Apollinaire，1880—1918），法国诗人，主张革新诗歌，打破诗歌形式和句法结构。主要作品有《酒精集》《加利格朗姆》等。

又

黄昏时分，走在田端车站附近的道路上，听到理发铺的小伙计吹口琴。这东西我们年轻时还感到很困难，曲子也没有得到普及。心中觉得非常快活而舒畅。

盲人

河岸前边，一个盲人寻找安全的渡口。我看了十分难过。然而，这个世界有几万盲人，这么多盲人都在河岸上徘徊不定，想起这一点，心中涌起的是同情，更是滑稽。

人们几乎都以为自己独自承受着全部的不幸，我当然也是其中之一。

某傻子的一生

久米正雄君：

这篇稿子是否可以发表，固然要听你的意见，即便发表的时间和报刊，也想一并由你决定。

我想这篇原稿中的人物你大都知道，不过即便决定发表，也不希望添加索引。

我如今生活在最不幸的幸福之中。然而，不可思议的是，我不后悔。只是觉得有我这样的恶夫、恶子、恶父的亲人们多么可怜！因此，再见了，我在这篇文章中也不打算有意识地为自己辩护。

最后，我之所以将这篇稿子托付于你，是因为我想你恐怕比谁都更了解我（只要你肯剥掉我这个城里人的皮），拜托了，任你如何取笑这篇稿子中我的一副傻相吧。

昭和二年（1927）芥川龙之介

一、时代

那是某一家书店二楼。二十岁的他，登上靠在书架边的西式梯子寻找新书。莫泊桑、波德莱尔、斯特林堡、易卜生、萧伯纳、托尔斯泰……

黄昏迫近，他依旧继续阅读书脊上的文字。那里排列着的与其说是书，毋宁说是世纪末他自身。尼采、魏尔伦、龚古尔兄弟、陀思妥耶夫斯基、霍普特曼、福楼拜……

他一面同黑暗战斗，一边数着他们的名字。书开始沉没于他本人忧郁的影子中。他终于失去耐心，打算从西式梯子上下来。此时正巧，他头顶上那只光裸的电灯泡突然爆亮了。他伫立于梯上呆然不动，俯视着下面晃动于书籍之间的店员与顾客。他显得多么渺小！不仅如此，且又如何寒碜！

"人生还不如一行波德莱尔。"

他在梯子上望了一会儿下边的人们。

二、母亲

一群疯子一律穿着灰色衣服。为此,宽敞的房间似乎显得更加忧郁。他们中一人面向风琴,热心弹奏着赞美歌。同时,他们中的又一人正好站在屋子中央跳舞,其实那不是跳舞,是在转圈子。

他同满面红光的医生一起望着这番光景。他母亲十年前也和他们完全一样。虽说一点点——实际上,他从他们的气味里感受到他母亲的气息。

"好的,走吧。"

医生领着他沿廊下向某个房间走去。那个房间的角落摆着盛满酒精的大玻璃瓶子,玻璃瓶里经常浸泡着几颗脑髓。他在一颗脑髓上发现少许白色之物,近似滴下来的鸡蛋白。他一面同医生站着聊天,一面又一次想起了母亲。

"长有这颗脑袋的男人是某某电灯公司的技术员吧?他总是把自己想象成一架黝黑光亮的大型发电机呢。"

为了躲避医生的眼睛,他把目光朝向玻璃窗外。那里除了嵌满空玻璃瓶碎片的瓦砾围墙,此外什么也没有。不过，那上面布满一层薄薄的苔藓，斑驳朦胧，看上去白乎乎的。

三、家

他住在某城市郊外两层楼房里。因为地基松软凹陷，使得这座二层楼房奇妙地倾斜了。

他的伯母经常在楼上和他吵架，没有一次不是被他的养父母劝开的。不过，他比任何人都爱他的伯母。他的伯母一生独身，他二十岁时，她就是个年近六十的老妇了。

他想起在郊外二楼上，多少次给予对方情爱无限，又多少次使得对方苦痛非常！其间，有时又想到这二层小楼的倾斜也挺可怕。

四、东京

隅田川浑浊阴暗。他从行驶着的小汽艇舷

窗眺望向岛的樱花。开满花朵的樱树在他眼里呈现出一排褴褛般的阴郁。然而,他在那些樱花树下——江户以来向岛的樱花树,总能找到他自己。

五、我

他和他的前辈[1]一起坐在一家咖啡馆的桌边,不住地吸着香烟。他不大爱开口,只是热心倾听他的前辈的话语。

"今天乘坐了半日的汽车。"

"有什么要紧的事吗?"

他的前辈双手支颐,极其自然地回答他:

"哪里,只是想乘罢了。"

这句话解放了他自身,又将他引向陌生的世界——接近神祇的"我"的世界。他感到一种痛苦,同时又感到欢欣。

那家咖啡店极小,牧羊神的额下放着一只赭

---

1 此处指谷崎润一郎。

红色的钵子，里面栽着一棵橡胶树，无力地垂挂着肉厚的叶子。

六、病

他在不间断的潮风中摊开一本英语大词典，用手指寻找单词：

Talaria：长翅膀的鞋子，或者凉鞋。

Tale：话。

Talipot：产于东印度的椰子。树干高达五十英尺至一百英尺。叶子可以做伞、扇、帽子等。七十年开一次花……

他凭借想象可以清晰描述这种椰子花。此时他的喉咙出现前所未有的刺痒，不由得朝词典上吐了口痰。痰？——其实那不是痰。他想到短暂的生命，又一次想象着这种椰子花，想象着那些高高耸立于远海对面的椰子花。

七、画

他突然——那实际就是突然。他站在一家书店前边,正在望着高更画集的时候,突然懂得了什么是绘画。当然,那本高更的画集肯定是写真版,但他能从写真版里感受到浮现出来的鲜活的自然。

对待这本画集的热情刷新了他的视野。总有一天,他会对树枝的吼叫和女人丰腴的面颊倾注不绝的注意。

一个落雨的秋日黄昏,他走过某城郊外的一座铁桥。铁桥对过的土堤下停着一驾马车。他经过那里,感觉到以前有个人曾经走过这条路。是谁呢?——如今他没必要再逼问自己。那时他二十三岁。在他心目中,那是一个割去自己耳朵的荷兰人[1],叼着长长的烟斗,以敏锐的目光全神贯注望着这派忧郁的风景画面……

---

1 凡·高(Vincent van Gogh, 1853—1890),荷兰画家,后期印象派,死于精神病院。

八、火花

他淋着雨，走在柏油路上。雨很猛，他在一片飞沫之中，嗅到胶皮雨衣的气味。此时，眼前出现一根空中电线，迸发着紫色火花。他竟然感动了。他的上衣口袋里藏着他准备寄给同人杂志的原稿。他在雨中一边行走，一边再一次回头仰望着身后的空中电线。

空中电线依然放射着刺眼的火花。纵使阅尽他的人生，也找不出什么特别的欲望。不过，唯独对这种紫色火花——可怖的紫色火花，拼着性命也想抓到手里来。

九、尸体

尸体尽皆在大拇指上挂着带有铁丝的小牌牌。牌子上标记着姓名和年龄。他的朋友弯下腰，熟练地挥动解剖刀，开始剥下一具尸体的脸皮。皮下露出一片广阔美丽的黄色脂肪。

他望着那尸体。对他来说，那是他的一篇以王朝时代为背景的短篇小说[1]——他无疑是在为这篇即将完成的小说寻求背景。然而，烂杏般的尸臭令人不快。他的朋友皱着眉，静静地挥动着解剖刀。

"这阵子尸体也不足了。"

他的朋友这么说。于是，他随时都准备好了答案。

"依我看，要是尸体不足，那就杀人吧，毫无恶意地杀人。"不过，他当然只是在心里回答。

十、先生[2]

他在一棵大槲树下阅读先生的书。槲树在秋日的阳光里一片叶子也不动。遥远的空中，不知从哪里垂下一只玻璃盆天平，正好保持平衡。——

---

[1] 疑指《罗生门》，1915年12月发表于《帝国文学》。

[2] 指夏目漱石。芥川龙之介1915年始为漱石门下。

他一边阅读先生的书，一边感受这番光景……

十一、黎明

天渐渐亮了。他无意中眺望着街角一处广阔的市场。市场染上玫瑰色，人群涌动，车马声喧。

他点上一根纸烟，静静走进市场。此时，一只瘦瘦的黑狗突然对他狂吠。但他毫不惊慌。不仅如此，他甚至很爱那条狗。

市场中央长着一棵法桐树，向四方伸展枝条。他站在树根旁，越过树枝仰望高空。头上天空正好有一颗星星闪耀。

那是他二十五岁[1]——初会先生第三个月的事。

1　此处指1916年。

十二、军港

潜水艇内部昏黑,他弯腰围绕前后左右机器查看。他窥伺着小小的潜望镜,那镜头再一次映现出明丽的军港风景。

"那里也能望见'金刚号'吧?"

一名海军将士跟他搭话。他一边窥看四角镜头上方的小型军舰,一边莫名其妙地想起了荷兰芹——每份三十文钱的牛排上发出微微清香的荷兰芹。

十三、先生的死[1]

雨后风中,他在新车站的月台上步行。天空依然阴暗,月台对面,三四个铁路工人,一边上下挥动着鹤嘴镐,一边高唱着什么。

雨后的风吹散了劳工的歌声和他的感情。他

---

[1] 夏目漱石逝世于1916年12月9日。

叼着纸烟，也不点火，感到近乎欢欣的痛苦。外套口袋里依旧塞着"先生病危"的电报……

这时，自长满松树的山后面开来的上午六时的上行列车，喷着稀薄的黑烟蜿蜒驶往这里。

十四、结婚

他在结婚的第二天就对他的妻子发牢骚："你一来就乱花钱，真叫人头疼。"不过，他的这句牢骚话本来不是出自他的心里，而是他的伯母叫他说的。他的妻子不但向他也向他的伯母道了歉。他面前摆着妻子为他买来的一盆黄水仙……

十五、他们

他们平静地生活着。在宽阔的大芭蕉叶下。——他们的家位于海岸的一座市镇，从东京乘火车足足需要一小时才能到达那里。

十六、枕头

他一边怀疑枕畔的玫瑰花叶子能发出香气,一边阅读阿纳托尔·法朗士的书。然而,他始终没有注意枕头里也有个半人半马神。

十七、蝴蝶

弥漫海藻气息的风中,一只蝴蝶展翅飞翔。他感到这只蝴蝶的羽翼,欻然之间掠过他干燥的嘴唇。可是,那沾在他唇边的蝶翅的麟粉,数年之后还在闪闪发光。

十八、月

他在旅馆楼梯上偶然遇见她。她的面颜大白天也像是在朗月之中。他目送着她(他和她不曾有过一面之识),至今感到无形的寂寥……

十九、人工羽翼

他从阿纳托尔·法朗士转移到18世纪哲学家们。但他没有接近卢梭。这或许有他易于受到热情驱使、接近卢梭的一面，还有富于冷静理智、接近写作《老实人》的哲学家的一面。

人生二十九岁的他，已经毫无亮色。然而，伏尔泰却给了他人工的羽翼。

他展开这双人工的羽翼，翩然飞上天空。同时，沐浴在理智光芒中的人生的悲欢，又在他的眼底下沉沦。他一边对破烂的街衢播撒反语和微笑，一边面向无遮拦的天空直奔太阳攀登而去。正像被遗忘的古希腊人，因人工羽翼燃烧于太阳光中，最后沉落海底而死去……

二十、枷锁

他们夫妇同他养父母住在一起，因为他决定进入某家报社。他依靠一张写在黄纸上的合同，但这张合同后来一看，报社没有任何义务，尽义务的只是他自己。

二十一、疯女

两辆人力车阴天在阒无一人的乡间小路上奔跑。这条道路面向海洋，吹来的潮风便可知晓。奇怪的是，坐在后一辆人力车上的他，对此种幽会毫无兴趣。他在考虑，自己为何被拉到这里来呢？这绝不是恋爱。果真不是——为避免这一答案，最后不能不坠入这个想法："总之我们是平等的。"

坐在前一辆人力车上的那个疯女，她的妹妹因嫉妒而自杀了。

"已经走投无路了。"

他对这个疯女——只有强烈动物本能的她，感到一种憎恶。

其间，两辆人力车经飘散海水潮腥的墓地外苑通过。嵌满贝壳的围墙内，矗立着几座黑乎乎的石塔。他眺望着那些石塔背后的大海，海水闪耀着微光。不知何故，他突然憎恨起她的丈夫来了。——他立马对那位摸不透她心思的她的丈夫很是瞧不起。

二十二、一个画家[1]

这是一本杂志上的插图。这只水墨雄鸡展现着突出的个性。他向一位朋友打听那位画家的情况。

一周之后，这位画家来看他，这在他的一生中尤其是一件大事。他在画家之中发现了谁也不曾读到的一首诗。不仅如此，他还发现连他本人也不知道的他的灵魂。

一个薄寒的秋日黄昏，他面对一株玉米忽然想起这位画家。高高的玉米披挂着粗大的叶片，在隆起的土地上显露出神经般的细根。这无疑也是他本人的自画像。不过，这一发现只能使他更

1　指小穴隆一。

加忧郁。

"已经晚了。然而一旦到了关键时刻……"

二十三、她

广场前边暮色苍茫。他拖着微热的身体在这个广场上行走。晴空如银，几座高大的楼房，每扇窗内灯火辉煌。

他驻足路边，等她到来。五分钟过后，她向他走来，样子很憔悴。她一见到他，就微笑着说："好累啊！"

他们肩并肩，在微明的广场上散步。对他们来说，这是第一次。为了和她在一起，他纵然舍掉一切也毫不犹豫。

乘上他们的汽车之后，她盯着他的脸问："你不后悔吗？"他果断地回答："我不后悔。"她按住他的手："我虽然不后悔，但是……"这个时候，她的面孔似乎在月光之中。

二十四、生产

他站在隔扇旁边,看着身穿洁白手术衣的产婆在给婴儿洗澡。每有肥皂沫渗进眼内,婴儿总是频频皱起小脸儿,同时高声哭喊不止。他觉得婴儿的体味近似小老鼠的气味。他不能不越发真切地感到这一点了。

"这孩子为何要生在这里?为何要到这个充满悲苦的世界上来?这孩子为何会有如此命运——把我当作他的父亲呢?"

然而,这是他妻子最初生下的男孩。

二十五、斯特林堡

石榴花盛开的月光之下,他站在屋门口,望着几个脏污的人打麻将。然后,他返回屋内,在低矮的油灯下阅读《狂人的告白》。读了两页,他就露出苦笑,斯特林堡写给情人伯爵夫人的信中,有许多谎言和他的相差无几。

二十六、古代

色彩剥落的神佛、天人、马和莲华，几乎将他压倒。他仰望这些神像，忘掉了一切，甚至包括挣脱疯女之手的自己的命运。

二十七、严格教育法

他和他的朋友走在后街上。这时，一辆张挂车篷的人力车，径直从对面疾驰而来。令他意外的是，车上坐着昨夜那位女子。她的脸即使在大白天也像沐浴在月光之中。当着朋友的面，他们自然没有交谈。

"美人啊！"

他的朋友说道。他遥望着街道尽头春天的山峦，毫不犹疑地回答：

"嗯，确实是个美人。"

二十八、杀人

阳光下,田间小路飘散着牛粪的臭气。他一边擦汗,一边抬脚登上小道。两侧黄熟的麦子散发着香气。

"杀,杀!……"

他嘴里一直反复念叨这个词儿。

"杀谁?"

他心里很明白。他想起那个留着五分寸头、行为卑劣的男人。

黄熟的麦田远方,一座天主教堂露出圆形的屋顶。

二十九、形态

那是一把大铁壶。他从那精雕细镂的花纹上总是感到铁壶的"形态"之美。

三十、雨

他躺在大床上,同她山南海北地闲聊。窗外正在下雨。雨中的浜木棉花,似乎总是散发出腐臭的气味。她的脸依旧像在月光之中。他和她的交谈无不使他更加感到无聊。他趴着,默默点燃一支烟。他想到,已经同她一起生活七年了。

"我还爱这个女人吗?"

他问自己。这个答案使一向自我保守的他也深感意外。

"我还在爱着她。"

三十一、大地震

随处弥漫着烂杏子的气味。他走在烧焦的废墟上,微微感知到此种气息,炎天光下,腐烂死尸的气味也不特别觉得可厌。他站在骸骨堆积的水池前观看,发现"酸鼻"这个词儿的感觉绝非夸张。尤其触动他的是一个十二三岁的童尸,他注视着这具尸体，感到一种近乎艳羡的心情。"为神佛所怜爱者夭折"——他想起来这句话。她的姐姐和异母兄弟都被烧毁了房子。然而，他的姐夫犯了伪证罪被判刑。眼下缓期执行……

"最好人人都死去。"

他伫立于废墟之上深有所感。

三十二、打架

他和他的异母弟弟扭打成一团。他弟弟无疑因为他时常受压抑。同时，他也肯定因为他弟弟而失去自由。他的亲戚经常劝弟弟"向他看齐"，但那对于他本人来说，等于手足铐上枷锁。他们扭打成一团，最后滚倒在廊缘上。靠近庭院的地方长着一棵百日红——他还记得——阴霾的天空下盛开着火红的花。

三十三、英雄

他透过伏尔泰家的窗户仰望高山。悬挂冰川的山上连只秃鹫的影子也不见。但是,一个低矮的俄国人[1]却执拗地顺着山道攀登。

伏尔泰家进入夜晚之后,他在明亮的灯光下,写作了带有一定倾向的诗。他一边回忆那个攀登山路的俄国人的身影,一边写道:

> 你比谁都严格信守《十诫》[2],
> 也比谁都更加破坏《十诫》。

> 你比谁都热爱民众,
> 比谁都轻视民众。

> 你比谁都更加为理想献身,

---

1 指列宁。

2 基督教十条诫命是耶和华在西乃山上指示摩西的。耶和华把这十条诫命写在两块石板上,使以色列人遵守。

比谁都更加懂得现实。

你使我们东方产生了
花香袭人的电动机车。

三十四、色彩

三十岁的他,无意识爱上一块空地。那里只有一些破砖烂瓦散落在苔藓上。可在他看来,那与塞尚的风景画无异。

他忽然回忆起七八年前自己的热情,同时也发现七八年前他并不懂得色彩。

三十五、小丑偶人

他打算过一种死而无憾、轰轰烈烈的生活。然而,他依旧谨小慎微地同养父母和伯母住在一起。这就使他的生活出现明暗两面。他在一家西装商店看到一个小丑偶人站在那里。他联想到自己酷似那个小丑偶人。然而，意识之外的他自己——可以说第二个他自己——早已将此种心理写进了短篇小说。

三十六、倦怠

他和一位大学生走在芒草荒原之中。

"你们的生活欲望依然很旺盛吧？"

"嗯。您不也是……"

"我没有生活欲，只有写作欲。"

这是真情。实际上他对生活已失去兴趣。

"写作也是生活欲望。"

他没有再说什么。芒草荒原火红的穗子上，清晰地露出火山来。他很艳羡什么，近似羡慕这座火山。至于为什么，他自己也不知道……

三十七、越人

他遇见一个同自己才智相当、足可与自己抗衡的女人。但他写了《越人[1]》等抒情诗,稍稍摆脱了这种危机。那种紧迫的心情,宛若冻结在树干上闪光的冰雪一下子抖落下来。

>风中飘舞的菅草斗笠,
>为何掉落在道路一侧?
>我的姓名何足珍惜,
>珍惜的是你的名字。

三十八、报仇

那是树木发芽时节在一家旅馆的露台上,他一边画画,一边和一位少年玩耍。那是七年前同他绝交的疯女的独子。

---

1 疑指新潟(旧称越前、越中、越后)地方的人。

疯女点燃一支卷烟,看他们游戏。他在极端苦闷的心情中,绘制火车和飞机。所幸那少年不是他的孩子。当喊他"叔叔"时,他最感痛苦。

少年离开之后,疯女吸着卷烟,谄媚般地和他交谈。

"那孩子不像你吗?"

"不像。首先……"

"不过,总有点胎教什么的吧?"

他默默移开了视线。然而,他打心眼里很想将这个女人搦死。他也不是完全没有这个残虐的欲望。

三十九、镜子

他和朋友坐在咖啡馆角落里闲聊。朋友吃着烧苹果,说起近来很寒冷。他从朋友的话里立即感到矛盾。

"你依然独身吧?"

"不,下个月结婚。"

他不由得闭口不语。咖啡馆墙壁上镶着一面镜子。映出无数个"他自己"。寒森森的,仿佛有什么东西在威胁他。

四十、问答

你为何攻击现代的社会制度?

因为看到资本主义产生的恶。

恶?我认为你不承认善恶之差别。我问你,你的生活如何?

——他在和天使问答。这位天使头戴一顶不逊于任何人的丝绒礼帽……

四十一、病

他被失眠所困扰。同时,体力也开始下降。几个医生为他得出两三种诊断:胃酸过多、胃功能衰退、干性肋膜炎、神经衰弱、慢性结膜炎、脑疲劳……

他对自己的病源很清楚。他的内心很自卑，同时又害怕他们。他们——他所轻蔑的社会。

一个要下雪的阴霾的午后，他坐在咖啡店一角，叼着一支点燃的香烟。倾听屋角留声机里播放的音乐。那音乐很能沁入他的心里。他等着音乐放完，走到留声机旁边，查看唱片标签：

Magic Flute[1] —— Mozart

他立时明白了。打破《十戒》的莫扎特，无疑是痛苦的，但不像他那样……他垂着头，默默回到自己的桌边。

---

1 《魔笛》，奥地利音乐家莫扎特创作的以东方怪奇故事为题材的歌剧。

四十二、众神的笑声

三十五岁的他,在春阳当头的松林里散步。他想起两三年前自己写过的话:"众神的不幸是不能像我们一样自杀。"

四十三、夜

夜再次降临。波浪翻滚的大海不断扬起飞沫。他和妻子在这样的天空下第二次结婚。对他们来说,这是欢愉,同时也是痛苦。三个孩子和他们一起眺望海面上的闪电。他妻子抱着一个孩子,似乎强忍泪水。

"那里有条船,看见了吧?"

"嗯。"

"那条船的桅杆断成了两截。"

四十四、死

他庆幸独寝,将带子拴在窗棂上企图自缢。一旦带子套上脖子又立即害怕起来。他并非畏惧死亡的一刹那之苦。他再次掏出怀表,试图计算缢死的时间。于是,痛苦之后,他又开始迷糊了。只要超过一定时间,肯定就会进入死亡。他发现感觉痛苦是一分二十几秒。窗棂外面一片漆黑。他在黑暗中听到粗犷的鸡鸣。

四十五、Divan[1]

歌德再次为他带来新的精神力量。那就是他无法理解的"东方的歌德"。他看到悠悠然站在所有善恶彼岸的歌德,感到一种近似绝望的羡慕。诗人歌德,在他眼里比诗人基督更加伟大。诗人歌德,在他心中,除了奥库洛鲍里斯、戈尔各达,

---

1 歌德著名的《西东诗集》,1819 年出版。

还盛开着阿拉伯玫瑰。倘若踏访这位诗人的足迹多少要花些力气——他读罢 Divan，一次恐怖的感动平静之后，对于自己渗入骨髓的宦官般生活不能不感到鄙视。

四十六、谎言

他的姐夫自杀，立马将他击倒。往后，他必须照顾姐姐全家。对他来说，未来多少罩上一层日暮般的昏暗。他一边深感近似于冷笑般的精神的破产（他完全了解自己的恶行及弱点），一边继续阅读各种书籍。然而，就连卢梭的《忏悔录》也充满"英雄的谎言"。尤其是《新生》——他从未遇到过类似《新生》里的主人公这般"老奸巨猾的伪善者"。他心中只是浸透着弗朗索瓦·维龙[1]。他在好几篇诗中都发现"美丽的牡丹"。

---

[1] 弗朗索瓦·维庸（François Villon，约1431—1463以后），法国诗人，一生颠沛流离。诗作有《小遗言集》《大遗言集》等。因偷窃被判处死刑。

维龙等待绞刑的身影出现在他梦里。他也像维龙一样，几度就要落入人生低谷。可是，他的境遇和肉体的能量不容他那样做。他渐次衰落下去，就像枯树一样。此时，他正像当年斯威夫特所见到的，从树顶掉下了枯黄的叶子……

四十七、玩火

她有一副光辉的面孔，恰似朝阳照射着薄冰。他对她抱有好意，但感觉不到爱情。不仅如此，他的指头未曾触碰她的身子。

"听说你想死，是吗？"

"嗯。——不，与其说想死，不如说活够了。"

他们经过一番问答，相约一块儿赴死。

"Platonic suicide[1]，精神自杀啊！"

"双人精神自杀。"

他格外沉着冷静，这使他感到很奇怪。

---

1 英语：精神自杀。

四十八、死

他和她没有死。只是对她尚未动过一个指头，这使他很满意。她若无其事地时常同他闲聊。不仅如此，她还送他一瓶自己保有的氰化钾。对他说："只要有了这个，我们互相就有力量了。"

实际上，这肯定为他们增强了精神力量。他独自坐在藤椅上，一边眺望槲树的绿叶，一边不能不想到死为他带来的平和。

四十九、天鹅标本

他用尽最后之力想写一本自叙传，但这对他来说格外不容易。那是因为他尚残留着自尊心、怀疑主义以及利害计算等心理。他对如此的自己很鄙视，然而又怀有"一旦被剥去外皮谁都一样"的想法。他以为，《诗与真实》[1]这个书名，对他来

---

1 歌德自叙传的副标题。

说仿佛就是所有自叙传的书名。不仅如此,他很明白,大凡文艺作品未必能感动所有的人。他在作品中的倾诉只有同他相近人生的人才能理解。——他有这样的感觉。为此,他决定写一部简短的《诗与真实》。

他完成《某傻子的一生》之后,偶然看到某古物店摆着一副天鹅标本。它虽然昂首站立,但翅膀发黄,羽毛被虫蚀。他想起自己的一生,不禁泪水涌流,心中忍不住冷笑。他的面前只有两条路:发狂和自杀。他独自在日暮的小路上徘徊,悠然等待着毁灭他的命运的到来。

五十、俘虏

他的一位朋友[1]发狂了。他对这位朋友一直怀有好感。因为他明白,这位朋友的孤独——掩藏在轻松假面下的孤独——超出普通孤独者的一倍。

---

1 指宇野浩二。

这位朋友发狂后,他看望过他两三次。

"你我都被恶魔附身了。那是世纪末的恶魔啊!"

这位朋友压低嗓门对他说。据说两三天后,他们去温泉的路上,他的朋友吃了玫瑰花。这位朋友住院后,他记起他送给朋友的赤陶半身像。那是朋友喜爱的《钦差大臣》[1]作者的半身像。他想起果戈理也是发狂而死,不由得感到有种力量支配着他们的命运。

最后,他感到疲惫不堪,蓦地想起读过的拉迪盖[2]临终的语言,再一次听到众神的笑声。那句话是"神的兵卒要来抓我了"。他想同他的迷信和他的感伤主义战斗,然而他根本不可能进行任何肉体的战斗。实际上,"世纪末的恶魔"无疑在折磨他,他很羡慕依靠神的力量的中世纪的人们。

---

1 俄国作家果戈理著名的讽刺喜剧。

2 雷蒙·拉迪盖(Raymond Radiguet,1903—1923),法国作家,主要作品有《魔鬼附身》《德·奥热尔伯爵的舞会》。

不过，他根本不可能相信那种连谷克多[1]都崇拜的神之爱。

五十一、失败

他执笔的手发颤，甚至流出口水。他必须服用0.8克的佛罗那[2]才能稍微平静下来，此外头脑一次也没有清醒过。而且就算清醒也只是清醒半小时到一小时。他一直生活在昏暗的阴郁生活中。可谓一柄卷刃的利剑，只可当拐杖使用。

昭和二年（1927）六月遗稿

1　让·谷克多（Jean Cocteau，1889—1963），法国现代主义作家和艺术家。

2　一种催眠药。

附录

给旧友的信

至今，我尚未见到一个自杀者详细描写过自己的心理活动。这是因为关系自杀者的自尊心或出于对自己的心理不感兴趣的缘故。我想在给你的最后这封信中，详细叙说一下这种心理。但我不一定特地告诉你我自杀的动机。雷涅[1]在他的短篇小说中描写了一位自杀者。这位短篇小说的主人公，他自己也不知道为何自杀。或许你在报纸的社会栏里看到过因生计、病痛或精神苦恼等而自杀的种种动机吧。然而，根据我的经验，这并非动机的全部，而仅仅是通往动机过程中的表象。

---

[1] 雷涅（Henri de Régnier，1864—1936），法国诗人、小说家。由高蹈派走向象征派，遂确立典雅的诗风。其后，又转向新古典主义。作品有诗集《如梦》《水都》，小说《活着的过去》等。

自杀者大体都如雷涅所说，并不知道为何自杀。正像我们的行动包含着复杂的动机一样。至少在我，就抱有一种朦胧的不安。这是对于将来的一种朦胧的不安。你大概不相信我的话吧。然而，十年来的经验告诉我，我周围的人们只要不处于同我相近的境遇之中，我的话对于他们犹如风中的歌唱，刹那间就消失得无影无踪。因此，我不怪你⋯⋯

这两年来，我一直考虑死。最近，我怀着虔敬的心情阅读麦因伦德尔[1]。麦因伦德尔抽象的语言，无疑巧妙地描写了通向死亡的路程。然而，我则打算对这件事更具体地加以阐述。在这样的欲望面前，对于家人的同情之类，就变得无足轻重了。同时，也促使我对你不得不使用 inhuman[2] 的语言。要说非人性，那么我也有非人性的一面。

不论任何事情，我都有如实写出来的义务。

---

[1] 麦因伦德尔（Philipp Mainlander，1841—1876），德国诗人、哲学家。三十五岁自杀身亡。

[2] 英语，意为冷酷、不近人情。

（我解剖了对于我将来所抱有的朦胧的不安。我以为我在《某傻子的一生》中已经大致说得很明白了。只是对于我的社会条件——封建时代在我身上的投影，文中有意没有涉及。为何故意避而不谈呢？因为我们每个人，直到今日都多多少少置身于封建时代的阴影之中。我所扮演的角色，除了舞台，还包括背景、照明以及几乎多数登场人物，对于这些，我都要写下来。不仅如此，至于社会的条件等，厕身于这个社会条件之中的我本人，对此能否做出清醒的判断，不能不令人怀疑。）——我首先考虑的是，如何才能死得不痛苦。自缢而死，当然是最适合于实现这一目的的手段。但是，我一想到自己那副吊死鬼的形态，就无限地感到那是对于美的反叛。（记得当我爱上一个女人的时候，只因她的文字拙劣，便猝然失去了爱意。）溺水而死，对于会游泳的我来说，根本无法达到目的。不仅如此，万一获得成功，比起缢死要痛苦得多。撞车而死，这在我也不能不感到是对美的亵渎。借用刀枪而殒命，有可能因为手抖而告以失败。从高楼上纵身一跃，那同样显得惨不忍睹。

鉴于以上种种情况，我决定吞药而死。吞药而死抑或比缢死还要痛苦。但有利的是，除了避免对于美的背叛，也不会有死而复生的危险。只是寻求这种药物，对于我自然并非易事。但我既已决意自杀，我会利用一切机会，将这种药物弄到手。同时，我想获得些毒物学的知识。

其次，我考虑的是我自杀的场所。我死后，我的家人必然依靠我的遗产活命。我的遗产只限于面积一百坪的土地、我的住房、我的著作权和我的两千元存款。我为我自杀后房子不易卖掉而感到苦恼。因而，我羡慕有别墅的资产阶级。你一定觉得我这话很可笑吧？其实，我也觉得自己的话很可笑。不过，考虑这类事情时，内心里的确很难过。然而，这种苦恼又实在躲避不掉。我打算自杀时，除了家人，尽量不让别人看到自己的尸体。

然而，我一旦选定这一手段之后，又有半分对生命抱有的执着之情。因此，还需要一个突入死亡的跳板。（我不会像红毛人一样，我并不认为自杀是一种罪恶。佛陀对于现世《阿含经》中他的弟子的自杀给予肯定。那些曲意逢迎之徒，对于这样的肯定，只认为是出于"不得已"，但在第三者眼里，所谓"不得已"，并非在于眼看着必须悲惨而死的非常奇异的时刻。大凡自杀，对本人来说，总是"不得已的"。断然地自杀之前，还必须富于勇气才行。）能够发挥这种跳板作用的，不用说是女人。克莱斯特[1]自杀前，屡屡劝说他的朋友（男的）同自己相伴。此外，拉辛[2]也曾邀约莫里哀[3]和佩罗[4]共投塞纳河。不幸的是，我没有这样的朋友。

---

1 海因里希·冯·克莱斯特（Heinrich von Kleist，1777—1811），德国剧作家、诗人。代表作品有《破瓮记》《彭忒西勒亚》等。

2 让-巴蒂斯特·拉辛（Jean-Baptiste Racine，1639—1699），法国剧作家，古典主义代表作家之一。1689年写了以《圣经》为题材的剧本《爱斯黛》，1691年完成最后一部悲剧《阿达利》。作品多借用古希腊、罗马历史传说，暴露宫廷贵族的荒淫和残暴。

3 莫里哀（Molière，1622—1673），法国古典主义喜剧作家、戏剧活动家。喜剧代表作有《达尔杜弗》《唐璜》《吝啬鬼》等。

4 夏尔·佩罗（Crarles Perrault，1628—1703），法国作家、文学理论家。1697年出版民间童话集《鹅妈妈的故事》，其中著名篇章有《小红帽》《灰姑娘》《睡美人》《穿鞋子的猫》等。

我想和我的红颜知己一道赴死，但这项计划终因我个人缘由而未获成功。其间，我产生了不依靠跳板而死的自信。这并非来自无人伴我共赴黄泉的绝望之心，毋宁说是次第变得感伤的我，即便死别也想借此告慰我的妻子。同时，我知道，一个人自杀较之两个人一道自杀容易得多。其中还有个有利的因素，那就是我可以自由选择自杀的时间。

最后，我考虑最多的是，自杀时如何巧妙地躲过家人的眼睛。经过几个月的准备，对此已经有了自信。（至于具体的细节，考虑到那些对我持有好感的人，不便一一详述。不过即使写在这里，也不会构成法律上的所谓"自杀协助罪"——没有这个滑稽的罪名。如果有这样一条法律，那么犯罪的人就会数不胜数。药店、枪炮店和理发铺，即便推说"不知道"，只要我们人类的言语、表情能表现我们的意志，那么多少也会受到怀疑。不仅如此，社会、法律这些东西本身，也能构成自杀协助罪。到头来，这些罪犯大体上都能保持一副悠然自得的美好心境。）我冷静地结束了这项准备，如今只等着和死玩一场游戏。这之前我的心情，大体近似迈兰德的语言。

我们人类正因为是人兽,所以也像动物一样畏惧死亡。所谓活力,事实上只不过是动物性力量的代名词。我也是一只人兽。不过,一旦倦于食色,就会逐渐失去这种动物性力量。我如今居住在冰一般透明的、有着病态神经的世界。昨晚,我和一个妓女商谈她的要价(!),我切实感到我们人类"为生存而活着"的悲哀。如果能够甘于永眠,即使不会为自身求得幸福,那么也一定能够赢得和平。但问题是,我何时能断然自杀呢?大自然在我眼里,比寻常更加美丽。既热爱自然之美,又一心企图自杀,你一定在嘲笑我的这一矛盾心理吧?不过,自然之美,只会映在临终者的眼睛里。我比别人更加清晰地看到自然、热爱自然,并且理解自然。这一点,使我在无限痛苦之中多少获得些满足。我死后数年之内,请你不要将这封信公之于世,因为自杀不一定能够像病死那样平静死亡。

附记：

我阅读恩培多克勒[1]的书，深感成神的欲望是多么迂腐。我只要想到这封信，就不会泛起成神的心愿。不，我只希望做个平凡的人。你还记得二十年前在那棵菩提树下，我们互相畅谈"埃特纳的恩培多克勒"的情景吗？我就是那个时代一心巴望成神的人。

---

1 恩培多克勒（Empedocles，约前495—约前435），古希腊哲学家、诗人、政治家和医生。传说他为了证明自己是神，跳入埃特纳火山而死。著作有《关于自然》《净化》等。

译后记

接到约译芥川的通知，我一时犯起犹豫，并陷入复杂的思绪之中。其实，在日本现代作家中，我对芥川既陌生又熟悉，应命与谢绝都很简单，也都有充分的理由；但我还是颇费一番思考后接受下来了。

我的思绪立即回到大学时代。记得二年级上学期，第一篇精读课就是芥川龙之介名作《罗生门》。随着任课老师的讲解，书中人物、背景和事件，掺和在汉日两种语言的语意之中渐渐渗入头脑，留下鲜明的印象。阴湿的城楼、盘桓的鸦群、惨白的鸦粪……如涂漆，似雕镂，久久磨灭不掉。

其后，又陆续读了芥川其他作品，《鼻子》

《芋粥》《蜜柑》等，琳琅满目，美不胜收。在有限的大学选课及课外自修中，还是着意阅读了芥川文学的一部分代表作，美美享受了一次文学盛宴。

芥川龙之介（1892—1927），日本著名作家。号澄江堂主人，俳号我鬼。因出生于龙年龙月龙日龙时，故名龙之介。出生七个月后，母亲患精神病，遂由舅父芥川氏收作养子。1913年，入东京帝国大学英文科，翌年与菊池宽、久米正雄等发起第三次"新思潮"运动，并以柳川隆之介名义在《新思潮》杂志上发表作品。其后，陆续创作小说《罗生门》（1915）、《鼻子》《芋粥》（1916）、《戏作三昧》（1917）、《地狱图》（1918）、《河童》（1927）、《玄鹤山房》（1927）、《齿轮》（1927）等名作。芥川三十五年短暂的一生，共写作一百四十多篇短篇小说，仅次于后来的三岛由纪夫短篇小说的数量。在日本现代文学史上，芥川和三岛堪称"短篇小说之王"。

芥川作为大阪每日新闻社海外视察员，于1921年3月28日乘"筑后丸"轮船从门司港出发赴中国巡游，经上海，历江南，溯长江，登庐山，访武汉，渡洞庭，至长沙，北上出北京，谒大同，而后过朝鲜，于7月末尾回到日本。他不仅到过中国好多地方，还会见过不少中国名人，章太炎、郑孝胥、胡适、辜鸿铭、梅兰芳等。自8月始，在《大阪每日新闻》陆续发表《上海游记》《江南游记》等游记文章，以峻厉的目光观察20世纪初中国社会的种种众生相。1927年7月24日晨，芥川服过量安眠药自杀，枕畔留有《圣经》一部，遗稿《给某旧友的信》一篇和遗书数纸。

芥川出生于东京，他短暂的一生几乎都在东京和近郊度过。作为一位"东京人"作家，他自然有着"江户哥儿"的性格特征和文化趣味。他在一个平和的中产阶级家庭中长大成人，从"一高"顺利地踏入东大的大红门，是英文科的优等生。大学毕业后，立即登上文坛，开始了作家生涯。同那些标榜社会经验和多样的人生经历为创作源泉的自然主义作家相反，在芥川文学的园地中，看不到广阔的生活视野，看不到多歧的人生画图和深刻的斗争场景。

那么，芥川文学源自何处？

芥川文学源自书本，源自传统。

他是一个酷爱读书的人。古今东西，兼容并包。他一方面浸淫于日本和中国古代传说与典籍之中，一方面广泛涉猎一时风靡欧洲的波德莱尔、法朗士、王尔德、霍夫曼斯塔尔等人的著作。前人创造的文化艺术成果，瑰丽多彩的世界文学宝库，成为芥川汲之不尽的创作源泉。他的作品相当一部分直接取材于日本或中国古典故事或传说，运用熟巧的表现手法，化腐朽为神奇，铸成新鲜的芥川文学的血肉。芥川龙之介对于超现实的艺术，以及神秘与怪异都表现出强烈的兴趣，这与他少年时代流行的江户末期的怪诞文化不无关系。

芥川龙之介真正的作家生涯仅有十多年。在这短暂的时期内，他实现了人生的最大可能，成就了日本文学史上所谓"最华丽的存在"（中村真一郎语）。

芥川的文学创作师承漱石文学传统，凝重深远，古趣盎然，笔墨犀利，风格严冷，对后世作家影响极大。1935年创设的芥川文学奖，历来是新人作家登龙门的最富权威的纯文学奖赏。

芥川龙之介也是我国最早译介的现代日本作家之一。他的小说和游记文学译本多种。2015年，我应出版社之邀，着眼于散文随笔分野，从作者全集中遴选部分秀作，翻译出版了芥川龙之介散文随笔集《霜夜》。此次，又将《侏儒的话》《某傻子的一生》等篇章翻译出来，请各界读者指正。

芥川的作品题材不拘一格，行文优游自在。尤其是所选篇章，字里行间充满哲理和生命体验。时而平静似水，时而奇崛如山。寓意潜于字后，笔端蕴蓄情感。令人一边阅读，一边掩卷深思。

《某傻子的一生》（ある阿呆の一生），译自旧有藏书《日本文学全集13·芥川龙之介》

（1967年9月版）;《侏儒的话》（侏儒の言葉），则译自新潮文库《芥川龍之介の本》（2022年4月版）。

陈德文
2024年秋日于春日井

痴语

作者_[日]芥川龙之介　译者_陈德文

产品经理_周娇　装帧设计_星野　产品总监_李佳婕
技术编辑_顾逸飞　责任印制_梁拥军　出品人_许文婷

营销团队_王维思 谢蕴琦　物料设计_星野

鸣谢

张毅平

果麦
www.guomai.cn

以 微 小 的 力 量 推 动 文 明

图书在版编目（CIP）数据

痴语 /（日）芥川龙之介著；陈德文译. -- 天津：天津人民出版社，2025.2. -- ISBN 978-7-201-20971-5

Ⅰ．I313.65

中国国家版本馆CIP数据核字第2025ZT5810号

痴语
CHIYU

出　　版	天津人民出版社
出 版 人	刘锦泉
地　　址	天津市和平区西康路35号康岳大厦
邮政编码	300051
邮购电话	022-23332469
电子信箱	reader@tjrmcbs.com

责任编辑	康嘉瑄
产品经理	周　娇
装帧设计	星　野

制版印刷	河北鹏润印刷有限公司
经　　销	新华书店
发　　行	果麦文化传媒股份有限公司
开　　本	770毫米×1092毫米 1/32
印　　张	6
印　　数	1-7,000
字　　数	81千字
版次印次	2025年2月第1版　2025年2月第1次印刷
定　　价	45.00元

版权所有侵权必究
图书如出现印装质量问题，请致电联系调换（021-64386496）